不管怎样，
这就是20岁的我们

- 备受大学生欢迎的自媒体，年轻人的聚集地 -

布莱克 - 主编

WhatYouNeed 编辑部 / 著

老汤姆 × 紫菜姑娘 × 丸尾同学 × 特区小胖 × Jame × Ninety × Frank

北京联合出版公司
Beijing United Publishing Co.,Ltd.

图书在版编目（CIP）数据

不管怎样，这就是 20 岁的我们 / WhatYouNeed 编辑部著 . —北京：北京联合出版公司，2017.2（2017.3 重印）

ISBN 978-7-5502-9126-3

Ⅰ . ①不… Ⅱ . ① W… Ⅲ . ①散文集—中国—当代 Ⅳ . ① I267

中国版本图书馆 CIP 数据核字（2016）第 267555 号

不管怎样，这就是 20 岁的我们

作　　者：WhatYouNeed 编辑部　　责任编辑：喻　静
产品经理：梅勒斯　　　　　　　　特约编辑：丛龙艳
装帧设计：姚颖而　　　　　　　　营销支持：王筱雅　梁　爽　车嘉宁

北京联合出版公司出版
（北京市西城区德外大街 83 号楼 9 层　　100088）
北京联合天畅发行公司发行
北京天恒嘉业印刷有限公司印刷　新华书店经销
字数 170 千字　710mm×1000mm　1/16　印张：14.5
2017 年 2 月第 1 版　2017 年 3 月第 3 次印刷
ISBN 978-7-5502-9126-3
定价：39.80 元

未经许可，不得以任何方式复制或抄袭本书部分或全部内容
版权所有，侵权必究
如发现图书质量问题，可联系调换。质量投诉电话：010-68210805

前　言

PREFACE
—

今天，2016 年 5 月 30 日，距离我们以 WhatYouNeed 的名义写下第一段文字——2014 年 3 月 10 日，已经过去了 812 天。

从第一天开始，我们就一直尝试以最简单直接的方式，讲述同龄人的故事。不可思议的是，到了今天，我们已经聚集到了 50 多万的年轻人。虽然这只是这个世界里很小的一群人，但我知道，我们已经真切地互相影响到对方的生活了。

其实，我能预料到，一些年过后，当我再次读里面的内容，会觉得幼稚而可笑。不过，无论是以后的自己还是此刻已经成熟的你，如果要说我们幼稚，我一定会回复你一句：

"不管怎样，这就是 20 岁的我们。"

我们也把这句话当作 WhatYouNeed 的第一本书的书名，关于在大学里我们所在乎的一切，欢迎阅读。

就说到这里，祝好。

Blake

2016年5月30日

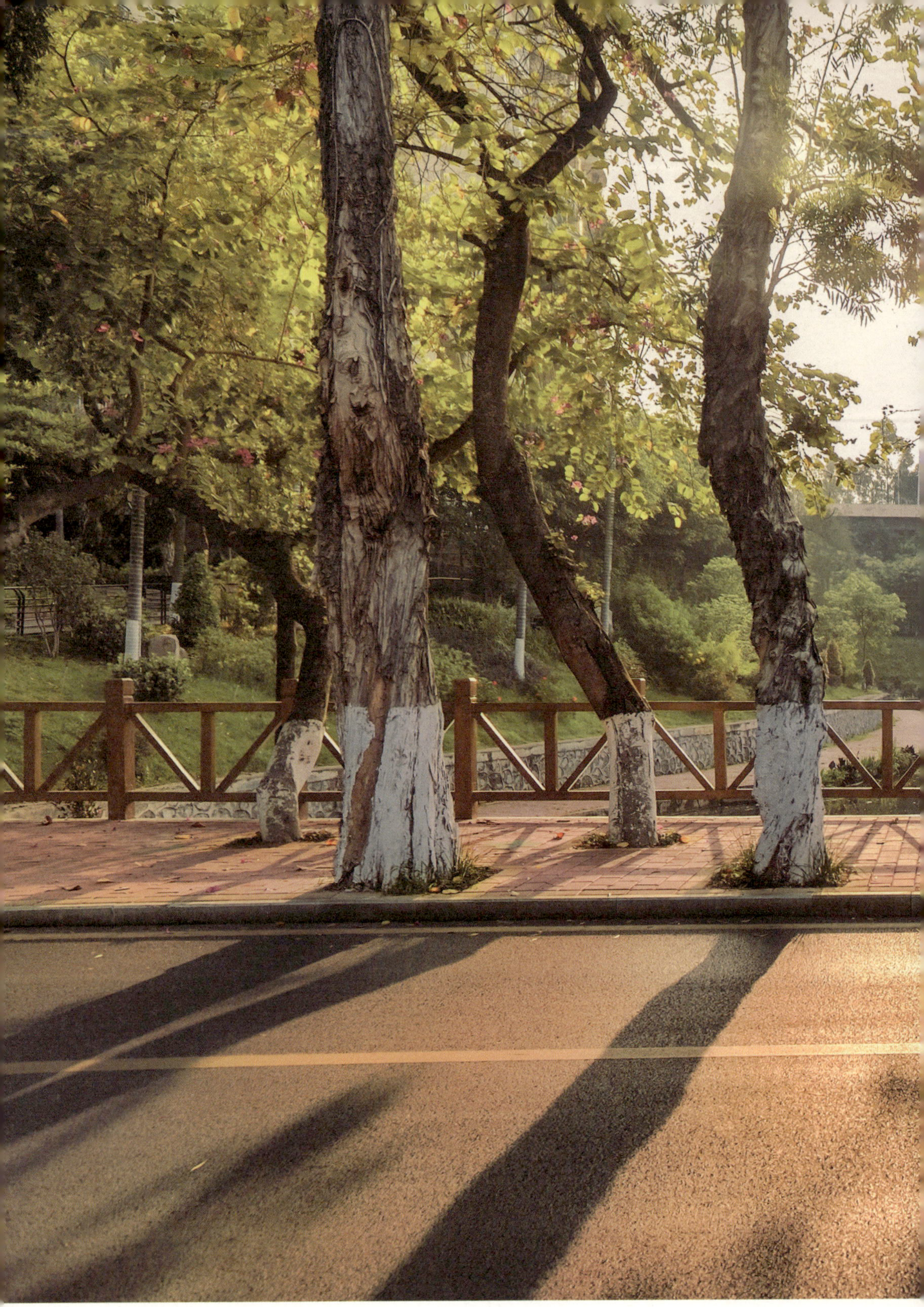

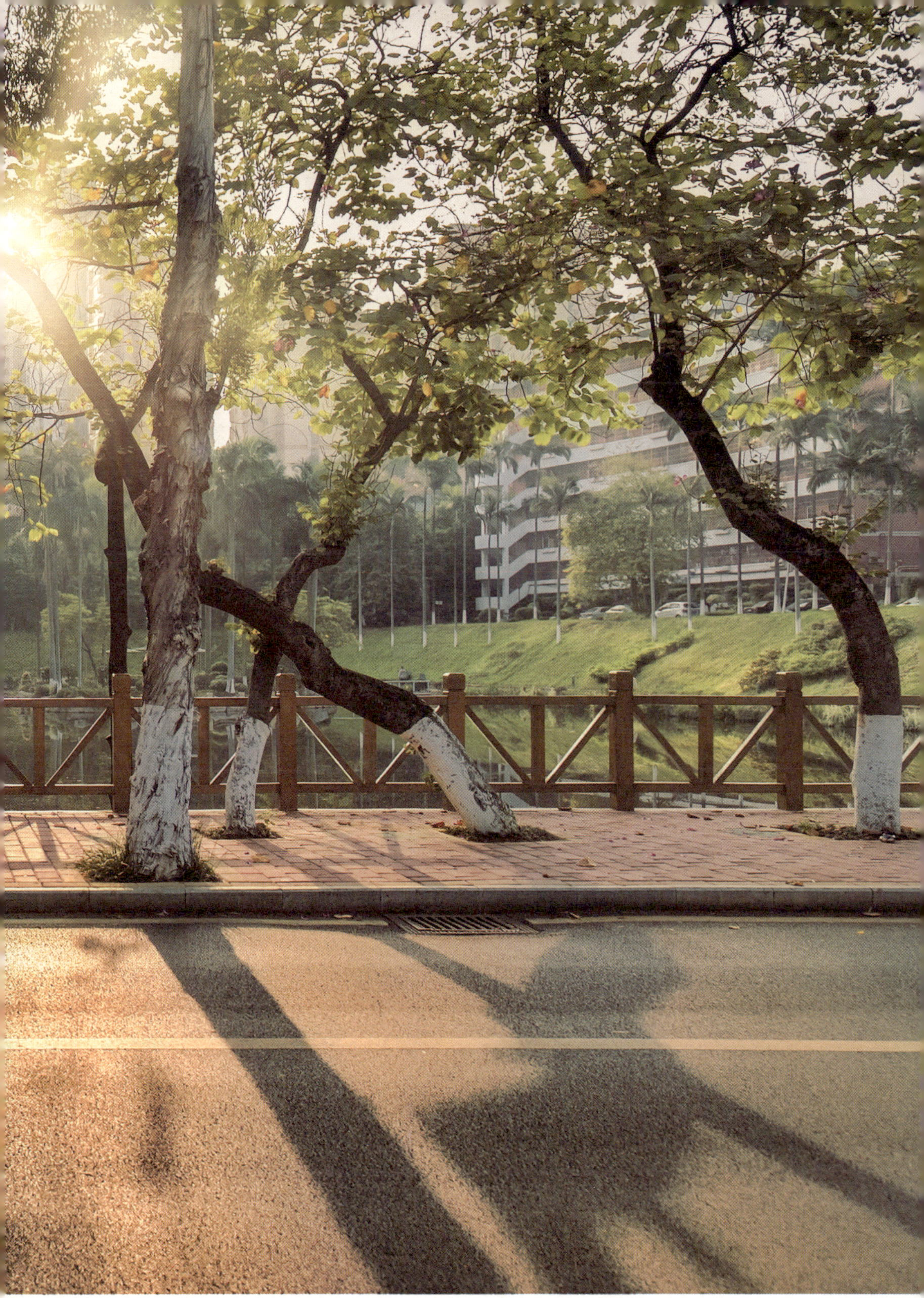

不管怎样，

这就是

20岁的我们

握着梦想上路，什么也不能阻止我的脚步

一

目 录
CONTENTS

01

我 们 的 大 学

——

开学 / 2

在大学里庸庸碌碌的我意气风发地站在母校的讲台上 / 9

一年后，他发信息给我："哥哥，你还会来吗？" / 20

现在的学生谈创业，就像进社团一样随便 / 24

赶走舍友那一刻，宿舍每个人内心都是无比欣喜的 / 32

论如何保持微笑地读完四年被调剂的专业 / 38

这些烂宿舍差点毁掉我们的大学生活 / 44

我的第一根烟就像初夜一样难忘 / 49

虽然我们年轻，但是我们身体差 / 53

你说，谁他妈的不辛苦 / 56

0 2

故 事 铺

———

清华的状元与小卖部的老板 / 64

他拿了我一个指甲钳,然后就被开除了 / 69

2006年我们在听S.H.E / 74

阳光猛烈,万物显形 / 90

风云情侣的下场 / 95

0 3

避 风 港

——

我在每一个艰难的时刻，都会想起你 / 102

有时，最大的阻挠来自最亲的人 / 106

现在，父母对我们变得小心翼翼了 / 111

每个不想回家的人，都有自己的原因 / 115

他们不舍得吃哈根达斯，也不知道星巴克是卖咖啡的 / 121

其实花父母的钱时，我也会内疚 / 126

0 4

谈资

———

别再随便说你老了 / 132

厚重的生死和细碎的日常 / 137

其实你没有必要那么用力地去合群 / 142

你总会有一个人的时候 / 147

05

毕 业 礼

——

我们先走一步了，你们加油 / 158

聊聊：大学最后悔的事 / 164

真正回不去的是我们停留的地方 / 170

拍毕业照我叫的朋友一个都没来，你还来吗 / 174

编辑记事 | 179
全体编辑想说的话 | 201

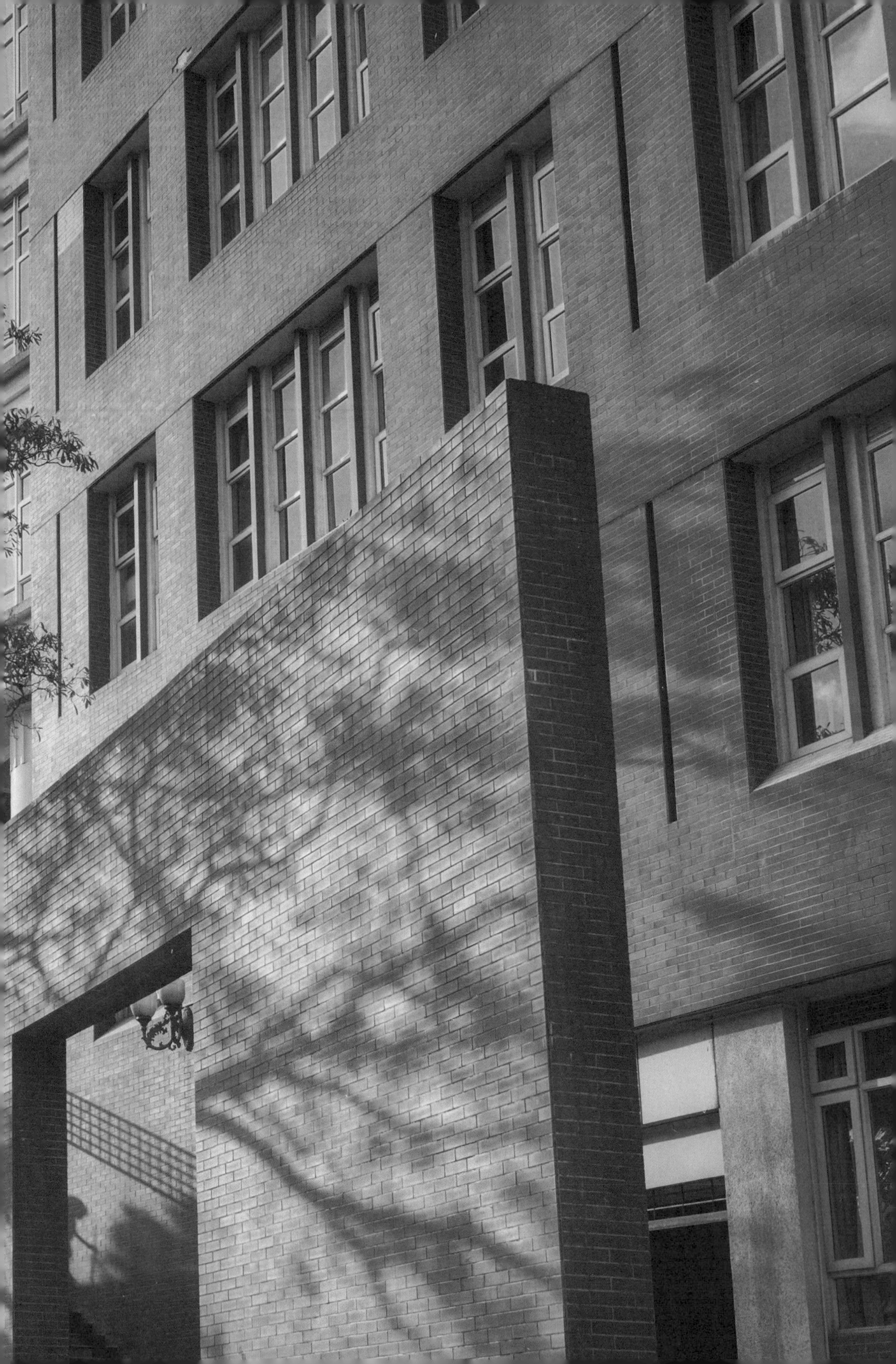

01

我 们 的 大 学

不管怎样，

这就是

20岁的我们

开 学

―

WhatYouNeed编辑部

迎接新生的最好方式，
就是告诉他们大学里最糟糕的部分

每一年，不论是大学还是小学，我们都要开学两次，这就意味着，我们要两次面对憧憬和现实的落差。每当我回看自己在这座象牙塔里摸爬滚打的四年，就会想起，当初被高中老师和青春电影描绘得天花乱坠的大学生活与现实的巨大反差。

被一句"等你上了大学，想干什么就能干什么"欺骗了整个高中的我们，从满怀希望、充满活力的大一，走到现在从容、不舍又略有失望地离开这个叫"大学"的地方，我们到底经历了什么？

当绩点比知识更为重要

虽然很不愿意这样说，但是对于"学习"这件事情来说，在一所大学里，绩点可能真的比你实际学到了什么更重要。对于一个大学生来说，成绩到底有多重要呢？它基本上决定了你能不能拿到奖学金、获得荣誉称号、享受各种福利和获得保研资格。

也许，大学的绩点并不会像你初中高中时的成绩那样使你获得同学的尊重，但如果你有志于上面我提到的四个方面或者其他需要绩点的地方，它可以让你实实在在地获得好处。

你可以说，在大学四年后，真正留给你的不是这些数字和荣誉，而是实实在在的知识和大学对你的塑造。我却想说，遗憾的是，或许只有绩点和绩点为你带来的东西才是真实的。

你的绩点可以用你的成绩单、奖状和打到你账户中的人民币来证明，但是你心中的知识，就算到时你还没有忘记，也很难短期直接给你机会。

这也就是为什么除了必修课以外，许多人都纷纷选择那些公认容易拿到高分的课程，这也就是为什么不断出现有人"吐嘈"大学的必修课与选修课已经成了唯成绩为导向的地方，更不要说暑修这类刷成绩的事情了。

所以，每一个学期后，许多人宁可说有了绩点而没有学到知识，也不要说学到了知识但没获得想要的绩点。

这是一件悲伤的、违背大学精神的事。但是最难过的是，我们却都没有什么办法。

醉生梦死学生会

入学后，天花乱坠的社团和活动，让我觉得有无限的表现机会。于是，我一下子加入了好几个学生社团。

我人生第一套正装，就是为了某个学生组织买的。这个组织，常常要求我们穿正装出席各种活动，参加比赛、培训，然后做各色项目。在这些活动中，传单会用英文，一切看起来都高级而商务。

有一次，我逃了一周的课，和一大群人来到北京，穿着正装蹬着高跟鞋在炎热的天气里挤地铁去会场比赛。拿奖之后，我发现自己挤都挤不进那张激动的合照里。

其实我知道，这份获奖的喜悦只属于这张大合照里的几个人，并没有多少我的功劳。

脱离了这个虚荣的组织后,我选择了留在学生会这个充满着欢乐和友爱的大家庭。

我曾以为这是一个广阔的舞台,最后才发现,这根本就不是一群有志趣的人聚在一起做自己喜欢的、想做的事。我们只不过是把学校安排好的活动,在老师的指导下按部就班地完成。我不需要花尽心思去创新,也不能激进地冒险。

最后,我放弃了,不折腾了。我觉得认识这帮一起奋斗的朋友,收获了友谊和爱情就够了。但现在我毕业了才发现,那时候天天醉生梦死的朋友,再也没有了相聚的理由,也慢慢散了。

大四了,我又变成个普通的同学,课少,实习等毕业,没激情没斗志,更加没有夜生活。

我们的三观差得很远

上大学之前,我不断地幻想自己能在大学遇到怎样的人。可能是《万物生长》里那种在我失恋时陪我喝酒、打群架的宿友,也可能是遇到《中国合伙人》里面那种志同道合的朋友,一起做些牛 × 闪闪的事。

然而上大学之后,我才发现,那些大多是电影骗人的把戏。那些和我在不同文化背景下长大的人,和我有着截然不同的价值观,还有截然不同的生活方式。

现实是,在宿舍里面各自上网的我们,甚至不知道对方有没有女朋友、喜欢什么。我不满他不洗袜子,他埋怨我不早些休息,我痛恨他不讲卫生,他却控诉我煲电话粥。

当然,我无权评判别人的价值观,也讨厌别人拿自己的标准来衡量我。但事实是,太多人的生活与做事方式与我的思维是相悖的，这和我幻想中的大学还相差太远。

徐老师前两天在"深夜发嗤"的推送里说："人生不就是这样，往往只有两种选择，要么这样，要么那样。"

要么成为大多数，要么茕茕孑立。

当你站在偌大的校园里看着熙熙攘攘的人流，却感觉彼此不是同一个世界的人，大抵就会油然生出一种寂寞感吧。

"单身狗"与我的关系

大学里面的爱情，如果很多硬要说是爱情的话，一部分人的感受就是：来得快，去得快。

认识没几天就表白的，表白被拒绝而立马换下家的，在一起没几天就分手的，脚踏几只船的，大有人在。

很多人在恋爱之前可能真的没有想过为什么要恋爱：因为寂寞需要人陪伴？因为青春的躁动需要发泄？因为从众而跟随大流？因为到了该恋爱的时候而恋爱？

谈过几段失败的恋爱后，我也是因为以上的原因而选择了找个人谈场恋爱。而这些感情里是否遇到了对的那个人、最终能走到哪里、能让自己变成什么样的人，好像并不重要。

有个人陪着一起吃吃喝喝，打打闹闹，亲亲抱抱，以及解决互相的生理需要就可以了。许多人几乎不会畅想未来，不会谈及责任，不会愧疚于挥霍着父母的血汗钱和自己的青春。

我不否认大学里面有真爱，身边有些大学生情侣相互陪伴，一起努力，共同为了有对方存在的未来而变得更好。也不否认有人会甘于寂寞，等待适合的那个人在合适的时候出现。

其实，三言两语根本说不清爱情这件事。只是，对于那些能够坚守爱情或者耐住寂寞的人，希望你们能坚持自己的选择。

最 后

"It was the best of times, it was the worst of times." 自从1859年《双城记》首版以来，这句话就广为世人所知。我并不知道狄更斯到底是以怎样的心态和想法写下这一名句，但我现在怀着难以言说的复杂心绪来为这篇文章做一个结尾。

大学是一个你没有亲身体会过就无法言说的地方。作为整个社会的一部分，它既游离社会之外，又深深受到社会的影响。

这就是今天的大学既受到所有人期许，又受到所有人非难的原因。大学不在山上、桥上，不在雾里、云里，它就坐落在我们眼前。

我们无意为它定义，事实上也没有人能够用言语概括这个既承担希望又制造失望、既蕴含光明又包容黑暗的地方。

大学就是这样存在着。

不管怎样，
这就是
20岁的我们

在大学里庸庸碌碌的我
意气风发地站在
母校的讲台上

—

Frank

不管怎样，
这就是
20岁的我们

　　今天从食堂吃完午饭出来，有人给我发传单。姑娘笑靥如花，肤白貌美，我不好意思拒绝。拿着传单转身走出几步，正准备顺手扔进垃圾桶时，我匆匆扫了一眼。

　　寒假招生宣传的黑体大字争先恐后地跳进眼里，才意识到，又是一年将尽了。

　　在大学里，一个人埋头走在去教学楼的路上时，偶尔会遇到认识的大一新生，总能听到几句"学长好""师兄好"。逢年过节，也会有师妹发节日祝福信息，会有师弟开玩笑说，看我老是一个人，要帮我找女朋友。这才后知后觉地发现，对于脚下这不大不小的一方天地，自己已然是旧客。

想起去年冬天考完期末考还没有回家的我，在宿舍准备着寒假招生宣传的讲稿和材料。看着电脑屏幕上自己敲上去的"吾校矗立，蔚为国光"这个题目，我喝了一杯又一杯的咖啡，想不出一个字。

三个小时后，室友凑过来看着我好不容易憋出来的第一行"大家好，我是……"后，白了我一眼说："你又在搞传销了，走，吃麻辣烫去。"

作为最后放假的学校，岛上的学生本就所剩无几。刚刚考完的同学们也大多拖着行李箱回家过年去了。我和室友逆着人群走到麻辣烫店里，顾客寥寥。锅里大团大团升腾而起的蒸汽让我的视线模糊一片。

我一边吃着碗里的牛肉丸,一边想着这座刚来半年的城市、这所偏安岭南一隅的学校。食物过多占据了我胃部的血液而使得大脑空白一片,我真的不知道要回去和夜以继日奋斗的高考党们说些什么好。

我还在中部小城里读高三的那个冬天,就已经有很多大学开始做招生宣传了。不知道从哪天开始,教学楼里贴满了花花绿绿的海报,连大厅的顶梁柱也不被放过,从上到下一寸寸贴满,像攀缘而上的凌霄花。

大概是因为担心占用我们学习时间的缘故,那时候各个大学的招生宣传讲座都被安排在了中午。我一向贪睡,大中午的时间都被我拿去和被褥做亲密接触了。虽然是闲散人,奈何不在卧龙冈,没有什么宏图大志,也就自然懒得去参加招宣会了。

只是每天下午到学校的时候,总能听到一些同学叽叽喳喳地议论,武大的哪个学姐长得好看,华科的哪个学长幽默风趣,南开的学长声音好听,复旦的学姐博学多识。似乎,每一场宣讲会都藏着秘辛,有一日看尽长安花的诀窍,似乎每一个读了一两年大学的前人都脱胎换骨,熠熠闪光。

有时候,我也会后悔没有看上一两场。看着同学们互相交换着拿到的纪念品、学习经验,和星散四海的名校人士建立起某种似乎不可告人的联系,虽然口中嚷嚷着无所谓,我还是忍不住心生慌乱。

上了大学才知道,无论是清华、北大还是三本院校,都有人庸庸碌碌,学业废弛,区别不过是比例问题罢了。招宣并不需要层层选拔,那个站在讲台上风华正茂、滔滔不绝的人可能在大学里一事无成,而这场声势浩大的演讲将成为他剩下的几十年生命里为数不多的明亮的脚注。

只是当我们在台上胡言乱语以赚取微薄的自我满足时,也许从没有想过,台下那些眼神里充满敬畏和崇拜的高三学生会拾起我们漫不经心撒了一地的鸡毛,奉为圭臬。

到了招宣会的那天，我只是在大厅的布告栏张贴那张在火车上被压得皱巴巴的海报，甚至都忘了要在教室门上贴出这是哪一所学校。旁边的武大专场人声鼎沸，叫好连连，连教室的阶梯上都挤满了虔诚的信徒。台上宣讲的阵势浩大，文理兼修。而我的教室里，坐着七八十人，不多不少。我和一个同伴走上讲台的那一刻，我仍然不知道能和下面坐着的他们分享些什么，而尽量不使他们的中午虚度。

我们就好像回答一道道分析区位优势的地理题，按照PPT一页页讲着，从学术实力讲到地区优势，从硬件条件谈回国家政策。可是轮到他们提问，面对某个专业如何、就业前景怎样这样的问题时，我只能念着一串串冰冷而无意义的数字，因为在学校接受行前培训的时候，我就已经被告知，对于专业分数线、过线是否就能被录取、专业发展前景，凡此种种，我们都不能做出任何的承诺。

在PPT滚动到最后一页的时候，我看着屏幕上的"谢谢"两个大字，突然想和他们讲讲我自己的故事。

在我很小的时候，我奶奶就说，只要我考上武大就好，考上武大，她走了才能瞑目。毕竟除了清华、北大这种驰名商标、民族品牌，对于把一辈子都消磨在东楚这片土地上的奶奶来说，就只知道家门口的武大了。奶奶模模糊糊地想着，我考上了武大，应该就不用饿肚子了。

从我的高考志愿填报尘埃落定的那一天起，对于我为什么不去武大而选择千里迢迢来中山大学读书的疑问从来没有终止过。一度还有人以为，我是为了哪个心心念念的姑娘而做了傻事。

虽然武大有樱花，武大有女神，武大距离家只有一个小时车程，虽然武大是我小时候日思夜想的地方，但是当我的成绩能跨过它的门槛的时候，我突然不想抬脚进去了。没有什么深思熟虑的原因，只是为了不想和奶奶一样把一辈子押在这个地方，出生、成长、读书、结婚生子、老去，最后靠在夕阳下的躺椅上和死亡握手言和。

我们常常喜欢把学校放在一起比，复旦、交大、浙大、南大、武大、中大、南开、厦大，好像一定要分出个优良中差。其实除了无论在学术资源还是分数线上都遥遥领先的清华、北大，我不认为其他很多学校能有什么个人无法弥补的差距。

"我们都生活在这样的小城里，小到看一眼周围不同年龄段的人，可以大概摸清楚自己的一生会怎样度过。我们局促在这样的教育制度里十八年，就等着一次考试改换门庭。如果有可能，去更广大的天地看看，去更遥远的地方走走。我不知道高考是否能区分人才，我只想你们有更多周旋选择的余地。"

我忘了编造本来早已忘却的学习经验，忘了美化大学的生活，甚至都忘了说一定要来报考我们学校，只是告诉他们除了待在故土走一遍生老病死的流程，我们还可以换一个地方重头开始。

话音落下的一刹那，掌声响起，经久不息。我看着场下热烈的气氛，终于有些明白为什么人们都爱当人生导师了。一想到自己临场发挥的演讲就像一铲子改变沟渠的走向一样改变一个人的一生，笑意从我的嘴角蔓延开来。

我一直津津乐道于这次演讲。只是当我的一篇新闻稿因为老师口中的敏感问题而不被刊登在我们新传院的公众号上，却在不久前看见武大的新传院公众号上光明正大地推送了一个相似议题的新闻稿件时，才知道我所有的高见都是建立在对于远方的一厢情愿上。

我对着台下的他们标榜广东的自由，广东敢为天下先，批评中部的落后和闭塞。可我讲述的只是一个活在我想象里也将扎根于他们想象里的、永远无法达到的远方。

原来，我以为的不同，只是一碗另一种口味的鸡汤。他们回到教室后还是会议论今天这个学长帅不帅，会斗志昂扬几天，会最终失落在看不到出路的日子里。

我大一的时候很喜欢去听讲座，听着嘉宾口若悬河，舌灿莲花，然后亦步亦趋按照他们的成功故事规划自己的人生。后来我发现，每次我听完演讲或者讲座，我总是会陷入短暂的亢奋中，计划做很多事，却什么都做不好。

我这才渐渐意识到，不仅成功无法复制，连失败也般若万象。听一场血脉偾张的讲演，也许不如在宿舍安安静静读一本书来得自在。东南风劲的时候，可以听到遥遥传来的珠江的船鸣，圆号穿过氤氲水汽发出的嗡嗡声，更能抚慰年轻人的胸怀。

很多事就像风寒感冒一样，不致命。每一辈人都经历过，痊愈的方法大家也记在书上，记在脑海里，一代代传下去。可是从来都没有人能将它抹去或彻底治愈，谁都得或多或少地亲身经历几次感冒发热。病过了，才会知道，即使是那么小的事，也能在某个瞬间真真切切地让你涕泗横流。

今年母校高考红榜出来的时候，我细细看了看，能上武大的有很多去了厦门——一个比广州更远的地方，或许是因为听信了我的胡说八道。也有那些没考好而最终只能留在湖北的学弟学妹发信求安慰。

不知道如何回复是好的时候，忽然想到当年被我写在笔记本扉页的唐人虞世南的诗：

"居高声自远，非是藉秋风。"

不管怎样，
这就是
20岁的我们

01　我们的大学

01　我们的大学

一年后，他发信息给我："哥哥，
　　你还会来吗？"

老汤姆

上了大学，对于那些热爱志愿活动的人来说，最让人"热血"的事除了捐血，大概就是支教了。走在路上，你时时都能看到假期的支教宣传。

有人利用支教丰满自己的履历，也有人通过支教奉献很长的一段生命。

大三的时候，我已经结束支教回到学校两年多了。突然有一天，我收到了以前支教时认识的一个小男孩的短信，短信的内容很简单："哥哥，你还会来吗？"

这个关于支教的短短故事，就从这里讲起。

大一结束的那个暑假，我满腔热血地参加了学院组织的支教，充满期待地去到粤西山区的一个小村庄。我们住得挺好的，一群人都被安顿在乡镇的一个招待所里。

支教生活开始后，每天上午，我都会搭最早的那一趟农村客运到村口，再走上五六公里到目标小学。这所学校真的很小，只有一栋三层高的水泥楼和一个破烂的篮球场。

按照支教队的安排，我被分配到在这里教数学。为了让课堂更有趣，我用了自以为十分先进的教学手法，运用大量的比喻还有可爱的道具。

很快，我这个高傲的"城里人"就发现，他们远比我想象中聪明、有活力，不仅算数的速度比我想象的快；课后带他们玩单脚捉人，直到我们跳不动了，他们还乐此不疲。

在这个过程中，我发现，自己已经很久没有这样开心了，慢慢就有了一种不舍得离开的感觉。

支教的最后一天，那些孩子在老师的组织下，站在教学楼下，一起唱歌给我们听。我们站在二楼像阅兵一样向他们招手，拿着"大声公"对他们说："有缘再见。"

走出校门时，一个小弟弟擦擦他脏兮兮的鼻涕，扯住了我的裤子。他拿出个本子让我给他签名，还要我留下手机号码。

我写给了他，抱着他问："你有手机吗？要我的电话有用吗？"

他说："我爸爸有，我让爸爸教我用。"接着，又有很多个孩子从书包翻出他们的作业本，围着我们要我们签名、留下电话，说以后会打给我们。

最先要电话的那个弟弟，一直趴在我的背上，我要站起来时他问我："哥哥，你还会来吗？"我犹豫了一下，说："当然会呀。"

回到广州后，生活一切照旧，上课玩手机、趴桌睡觉、逃课睡觉、打游戏。那次支教的点滴更像是一场梦，我全都没有当真，也不觉得那些孩子会真的找我。

两年后，我大三了。一天晚上，我收到一个孩子的短信。他说："哥哥，我是北月村的，你什么时候再来我的学校呀？"

我一直没敢回。终于有一天晚上，我拿起手机，回了一句："哥哥要出国了，很久后才能去你那里了，你要好好学习。"

是的，我撒了一个谎。真实的情况是，那时候的我正在很苦地找实习工作，连自己都很难养活。

他问我"出国是去哪个国"，我说"美国"，他说"我也想像你一样"，我说："你努力的话，也一定可以做到。"

之后，我再也没有收到过这个孩子的回信。

放下手机那一刻，我的心情很复杂，我忍不住把短信的内容截屏给最好的朋友看。他说我很残忍，让那个小孩看到了一些可能一辈子都没有办法实现的画面。

我肯定做错了些什么，不然，心里不会那么乱。

01　我们的大学

现在的学生谈创业，
就像进社团一样随便

——

WhatYouNeed 编辑部

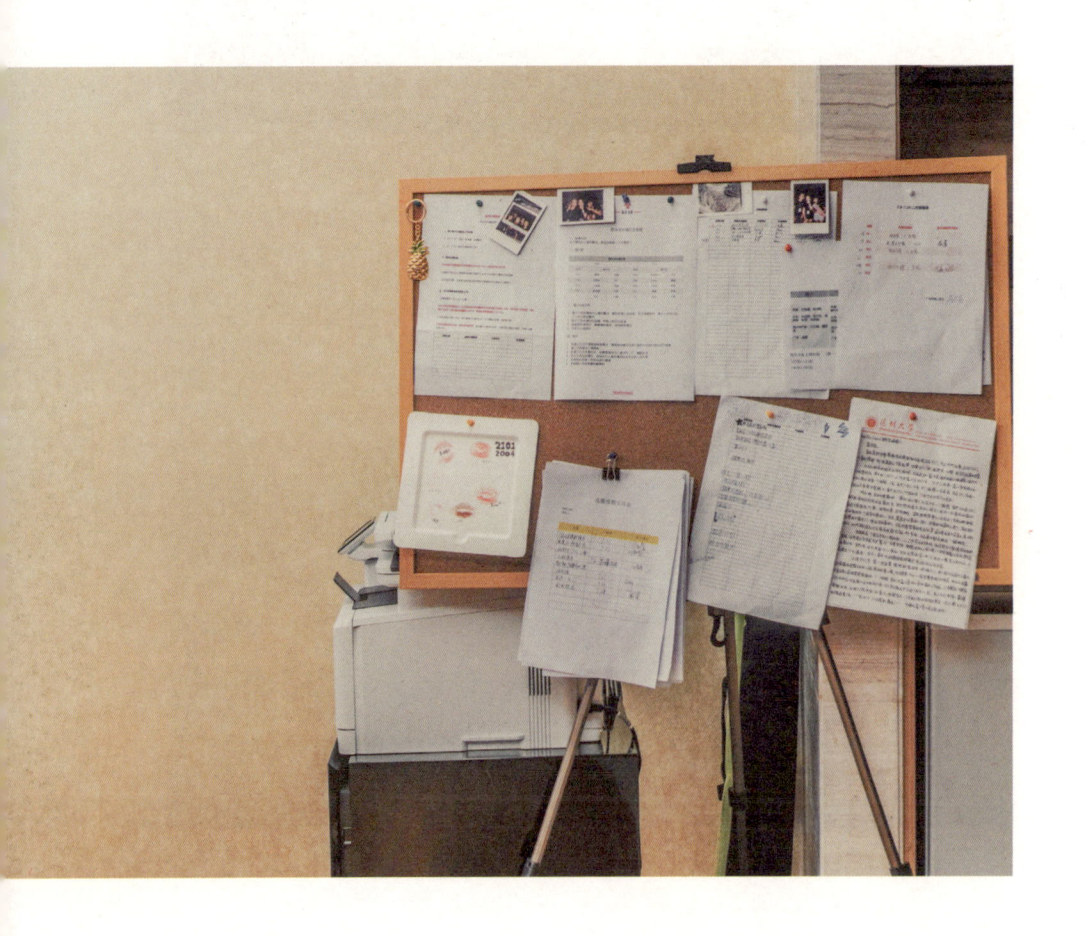

大三下学期，我为了争取宝贵的保研名额，硬着头皮参加了一个创业比赛。

比赛里，其中一个项目在精致PPT的配合下，进行了恰到好处的陈述，然后得到了评委——其中一位投资人的赏识。

"我觉得这个项目很有前景，我对你的项目很有兴趣，你们考虑接受风险投资吗？"问题一出，台上的选手一时语塞，台下也没有了声息。

因为无论是台上的选手还是其他被迫前来走过场投票的大学生观众，都知道这是一个虚假的项目。他们来这里的唯一理由是拿奖和分奖金，根本就没打算一直做下去。

我翻了一个白眼，离开了现场。

大学里面能做的事情，除了学习、睡觉和吃喝，大概就是各种比赛了。不过最近几年，创业比赛代替以前的社团比赛，成为了新宠。

以前还在学校的时候，走在路上都能听到许多人在讨论SWOT分析、项目前景和行业状况。而校道上也挂满创业大赛和挑战杯的宣传横幅。地面上，偶尔还能踩到一张创业比赛的传单。

好像这年头不谈谈创业都不好意思说话了。

记得当时我认识了一个"学霸"，他组了一个学霸团，报了创业比赛。计划书里声称要开创补习班2.0互联网+新模式，然后找了学校里有名的一位教授当导师。进了决赛后，他引起了全校的轰动，斩获金奖，夺得1万多元的创业基金。

当时还在大二的我很羡慕，立刻找到Blake和Vivian说："我们也写个策划书报个比赛吧，能拿钱，说不定还能保研呢。"

于是一个名叫"绿纽扣"的愚蠢创业项目悄然诞生，提出了"致力于解决骑行者停放单车问题"的口号。

我们连夜奋笔疾书，找到广州商圈的地图，每人每天一万字，然后不断地去咨询拿过奖金的人，想知道怎么写、如何选导师才能拿奖。

两天后，创作完成了。我们提交了这份自认为完美的策划书。

我记得最清楚的一个细节是，当时认真打电话问一个拿过创业比赛国家金奖的师姐："如果拿到了项目启动资金，接下来该怎么把项目落实？"她用一副过来人的语气说："落什么实啊？拿去分掉啊。那都是钱啊！"

后来我也问了一些人，得出的结论是"拿奖后吃一顿大餐然后分钱"是最好的做法。

"一万块能干什么？连办公室都租不起。"一个师姐两手一摊，这样说道。

有了 WhatYouNeed 后，真的有不少人来找我谈合伙人。因此，我见到过形形色色的同龄人，有些参加了无数比赛赚了第一桶金，也有些拿了风险投资跟我谈期权的。

记得有一次，我带着简单的简历参加了一家创业公司的面试。他们那时候找运营，我手上事情不多，就参加了。

没想到，刚刚面试完就被通知入职了。"就是协助签约客户使用后台，并且要想创意活动让他们的顾客使用我们的后台支付，你拿提成。"他们这样解释着我的运营职位。

那时候，我觉得这个职位很新鲜，好像还挺好玩的，就加入了。没想到，加入的第二天，就开始听到领导们"打鸡血"："这块蛋糕很大，还没有开始分。目前行业标杆也只做到 7% 的转化率，我们只要做到 3%，就已经成功了。"

面对一个实习生，他竟然开始跟我谈期权："做运营是会累一点，要不断跟客户沟通、想创意，但是如果你做得好的话，是可以分期权给你的。"

真实的情况是，真正的母公司是一个酒店集团，这只是他们的一个小团队。办公室面积很小，程序员只会呆滞地打代码，运营团队一共五个人，都是大学生。

开会的时候，上司站在白板前，语速是平时的两倍，一边画着复杂的流程图，一边和我们宣传那块"大大"的蛋糕。但是我并不知道我每天在干着什么，只是机械地按照要求设计一些无聊的优惠活动。

大概做了一个半月，我就说我不干了。他说："这一个多月来，你也是有些贡献的，付你 300 元一个月的补贴吧，好吗？"

…………

关于创业，有人在这里迷失，有人在这里成长。

我有一个在上海的朋友，在开始"创业"之后发生了巨大的变化。他是一个很普通的人，但自从进了一家号称拿了千万天使轮投资的公司之后，受封成为该公司的华东区市场总监，然后就开始到处演讲、参加会议。

这家公司漏洞百出，很快就做不下去了，他也失去了这个职位。之后，他做起了那种整日在朋友圈里刷屏，其实根本无人问津的"微商"，然后，沉迷在自己创造的虚荣假象里。

新学期开始，听说这个曾经在校园里叱咤风云的人物现在被迫延迟毕业，他的朋友圈，再也没有什么人点赞。

前段时间，几个在深圳创业经营一个潮牌的年轻人约我见面，地点定在他们三年前刚起步时的小店。这家店里现在还养着三只可爱的猫，他们的团队偶尔会回来这里办公。

创始人说，这件事是自己大二时凭兴趣开始做的。团队的核心设计师，一直是同一个人："两年来，我们几个都没拿工资，在校门口喝一杯奶茶也要 AA，没想过会到现在的规模。"

他看了看坐在对面的我们，笑了笑，又继续说："有人说我们卖得贵，但是我一直坚持不做爆款，我们值这个价。有次参加活动，一个有名的纽约设计师看到了我们的衣服，也把我们的衣服带去了美国。"

和他认真聊了后，发现他的家人也是做服装行业的。现在，他已经可以和自己的老爸谈生意了。其他几个创始人也是深圳的，家庭条件都不错。现在，他们的设计师还是会经常去日本买杂志，看最新的款式。

离开的时候，我问："所以你们一般几点上班？"坐在我对面的人说："九十点吧，坐你旁边的同事是刚毕业在我们这里实习的。他都是开车过来的，所以偶尔怕堵车。"

每次看到他们这样的团队，我就会明白，创业不是单个维度准备充分就可以完成的事情，它关乎你的朋友、家庭、生活以及未来，也取决于你的背景、学识以及兴趣。

在写下这篇文章前，我们在 WhatYouNeed 的官方微博发起过一个关于学生创业的话题。在众多的评论里，我看到了一个特别简洁的回复："创业不是比赛。"

说得真好，创业的确不是比赛，没有必要和别人竞赛，更不用对着观众吹嘘。

之前和一个前辈聊天，他刚刚从电视台辞职出来创业，要做他奋斗了大半辈子都没实现的事情。我问他，你女儿都这么大了，为什么还要做这些不稳定的事？

他回答我说："有些事，还是值得一辈子慢慢做的。"

01 我们的大学

不管怎样，
这就是
20岁的我们

01　我们的大学

31

赶走舍友那一刻，宿舍每个人
内心都是无比欣喜的

—

匿 名

今天，我所在校园里的新生终于换下了整齐划一的新生服饰。

恍惚间，开学的喧嚣消失了，几乎所有人的日子都会回归到三点一线，其中大部分的时间可能就是待在宿舍里。

说到宿舍，大一刚入学那会儿就像度蜜月，我和舍友每顿饭都一起在食堂排着长长的队伍，努力地找着共同话题。

可是现在大三开学快一个月了，我还没和舍友吃过一顿饭。而一些人或许正在经历着冷战或者勾心斗角，再也没有和平相处。

说实话，一般人和舍友的蜜月期通常不长。就说我自己吧，也只有两周。所以，我想你已经感觉到了，所谓"舍友"，并不等于"朋友"。

曾经，我为此烦恼。毕竟青春电影里面的宿舍总是一派和谐——一起逃课，一起撸串，一起喝酒。可是在选题会上，我才发现原来大多数人都不是如此，或许有和谐的，然而冷淡是常态，撕扯也不少。

事实上，不是只有我一个人和舍友处得不好。在这间小小的宿舍里，我们还会一起经历什么事？

抱歉，我们圈子不同

可能因为上了大学后，没有老师和家长的束缚，也没了太多学业压力，我们闹腾的个性开始在这里真正释放。

高中没住过校的舍友告诉我，他本来以为全宿舍可以一起打游戏"开黑"。可现实是，每个人喜欢的游戏都不相同，我和另外两个人还喜欢往外跑。

我们认识了三年，全宿舍一起吃饭、唱歌之类的活动，我两只手就数得完。

在宿舍，我也能深刻地感受到那种无法言说的陌生感，我们有着各自的生活、各自的圈子和各自的三观。

有时候想想觉得挺遗憾的，但转过头又觉得不强求融入对方的生活未尝不是一个好选择。

我一边在电脑上敲下这段话，一边观察着身边的舍友：一个正在打游戏，一个在陪女朋友，另外一个应该又在"夜蒲"了。除了打游戏的那个偶尔爆两句粗话，宿舍里很安静。

我喜欢这种感觉，无须做无用的社交抑或抓破头皮想话题。

只要是互不相溶的物质，你再用力地摇晃，也迟早会分层。更何况人，处久了也就知道能否成为朋友。

若是知道做不成掏心掏肺的朋友，又明白肯定要同住好几年，那互不打扰大概就是最好的结果了。

兜兜转转，我们还是朋友

因为转专业和换校区，我曾经搬过一次宿舍。

搬进去的第一天，我说"Hi"，三个女孩都在，但是没有人回应我。我对着空气尴尬地笑了笑。

后来我才发现，这三个女孩同班，但是她们彼此也不说话，宿舍比自习室都要安静。当朋友问我学校怎么样的时候，我都回答："确实是个适合学习的地方。"

那时候，我常常在夜晚去操场跑步，跑到很晚才回宿舍。有很多次进门，我都注意到一个女生，她一连一个星期都在我们宿舍楼下哭，哭得喘不过气："我不想和她们住,她们不理我。"

宿舍阿姨似乎是劝了很久,有点不耐烦:"没事的,没事的,这么晚了,快上去睡。"阿姨推着那个女孩上楼,但她站在原地不肯动,听到要回宿舍就害怕地颤抖起来,哭喊着:"我不想回去,她们很恐怖!"

幸运的是,我自己的宿舍没有这样极端,这反而让我对自己的宿舍慢慢有了好感。不久,我就和宿舍里的一个女生成了好朋友,而这其中的契机,只是在某个一如往常的安静下午不经意的一句话。

我怎么也没想到,在新校区的第一个好朋友会是最初和她打招呼都不理我的那个人。后来,我慢慢知道了她们三个之间发生的事,也知道了她们彼此不说话的原因。

在我看来,舍友还是朋友这件事不用急,是朋友,兜兜转转还是会变成朋友。毕竟,学校又不是月老,哪能一点一个准,随随便便安排四个住一起就能让他们相亲相爱呢?

宿舍内的"宫斗"

我很明白和别人一起生活要互相理解包容这个道理。

我们宿舍四个人都是同一个省份的,生活习性和沟通上都没有太大的问题。只是,生活在一起总会碰到许多琐碎的事。

大一时我们参加社团工作,偶尔晚上要熬到一两点改策划案,那个女生就会语重心长地提醒我们,该睡觉了,为了这些熬夜不值得。她抱怨我们台灯太亮,键盘声太响,就连我们默默自己戴耳机看剧,她也睡不着。

曾经有段时间,我决定晚上十一点钟睡觉,然后早起完成任务。她一开始很兴奋，说我终于要过上"学霸"的生活了。可能是因为我比她起得早，一个星期后她问我："你就不能把这些事情安排到平时吗？为什么要起那么早呢？"

越来越多琐碎的事情拉开了我们的距离，之后，我们上课不会等她，下课不会和她一起吃饭，聚会不会叫她。就连聊天正火热时听到她回来，我们都会闭嘴戴上耳机各干各的。

直到有一天，她问我："你为什么这么讨厌我？"我说："因为你这样，我已经受不了。"她接着就说："我觉得你不对，应该看到别人的优点，而不是一味地放大缺点。我和朋友说过这些事，她也觉得你不该这样。"

我说："那你搬去和她住吧，反正你平时也和她们宿舍走得近。"

她带着哭腔说："你这是要赶我走吗？你知道这样很伤人吗？"

我翻了个白眼："随便你。"然后，很大声地甩门走人。

后来，她去美国交换一年，就退宿了。那一刻，我们宿舍每个人内心都是无比欣喜的。

直到现在我都没有见过她，过去了那么久，现在想起来反而觉得自己也有错，也不知道再见还是不是朋友。

最 后

有一个读者曾经在我们微博提问："有个很装×的舍友，怎么做？生怕别人不知道她想法的那种？"

她是大一的新生，说自己只能用沉默与冷漠去对抗这个舍友。于是，我问丸尾这种情况应该怎么办。他悠悠地回了一句："如果真的是装×的话，生活会给她教训。"

其实读大学读到现在,我忽然明白了,宿舍其实就像一个家庭,相处久了以后,难免会有矛盾,但是没办法讨论对错。

当她们有我受不了的习惯时,我知道她们其实也在忍受着我的一些缺点。更多的时候,我们默契地互不拆穿,偶尔有些小忙也会互相帮助,这其实已足以让我感到温馨。

这大概就是这间小小的宿舍里会发生的故事了。

不久,我们都会离开这里,离开这个狭窄、局促、矛盾但一定会让人怀念的地方。

论如何保持微笑地
读完四年被调剂的专业

WhatYouNeed 编辑部

　　一天晚上聊天，韩紫熙无意中提到，自己在一个被调剂的专业读了四年。我和她一样，也被调剂到了看起来很美然而自己并不喜欢的专业——医学。

　　我们都因为"服从调剂"四个字，花了不少时间思考人生，也走了不少弯路。迷失了至少四年的玩乐生活甚至爱情，这四个看似等同于"没有选择"的字背后，其实又是无数种选择。

　　我们采访了一些被调剂的同学，并问了问他们，是如何在"被选择"的道路上微笑着走下去的。

韩紫熙："最终我决定接受它。"

　　网上公布录取结果的那天，我看到专业那栏言简意赅横躺着两个字："俄语。"

然后，我就进入了这个只有十四人的俄语班。其中，有十二个人是"被调剂"的。

接下来的生活，就像重新进入了后高三时代：课很多，每天还得吭哧吭哧地背上百个单词、词组和长长的课文，等待接受第二天上课的检查。

有一次，难得和喜欢的男生去看一场话剧，还得在完场后马不停蹄地回去自习背单词。

即使保持如此的学习强度，我依旧要紧锁眉头，困惑地听上三遍，才能费力地跟上俄语新闻的语速。而说起普京的事迹，我却还比不上邻居家那位热衷时事的谢顶大爷。

那一阵子，我时常想起王小波《黄金时代》里那句话："那一天我二十一岁，在我一生的黄金时代。我有好多奢望。我想爱，想吃，还想在一瞬间变成天上半明半暗的云。"眼眶随之湿润。曾经的我，只是希望做一个自由职业者。

所以，大一的第二学期末，我认真地考虑了要不要转专业，最终却囿于种种因素，不得不留在斯拉夫字母的世界里。

我用最喜欢的美剧《老友记》安慰自己：Chandler 做着一份并不喜欢的工作，Monicar 最难忘的一任前男友 Richard 不喜欢自己的工作和同行，然而他们都活得风趣潇洒。

一个真正有意思的人，不需要一份非常喜欢的工作来提供额外的生活乐趣。

其实到了大四，"被调剂"这件事在班里已经很广泛地释然了：同班的同学里，有些人找了专业对口的工作，有些人选择继续读俄语专业的研究生，也有人去了互联网公司，月入过万。

我当初做记者的执念也终于散了，几乎没有挣扎，成了那一类"用被调剂的专业找工作"的人。

我也抹掉了简历里所有书生气太重、太文艺的媒体行业经历，最后找了一份专业对口却最不熟悉的工作，大致是，去俄罗斯卖监视器。

现在，我们过起了相对清闲的大四生活。时光流转，街市太平，高考和填志愿非常遥远，在各种场合的闲聊中被无限稀释。

过儿："我选择放弃。"

我是过儿，现在就要毕业了。我选择了和紫熙不同的另外一条路——放弃了自己苦读了四年的专业。

在无数次找工作面试的时候，我都要无言地面对两个问题：

"可以大概讲一下你的本专业吗？"

"不是学相关专业的，为什么要投这个岗位？"

实话说吧，我被调配到的这个专业，既不有趣，也不容易找工作。看到安排的时候，我就知道它只是一个空泛的文科——应急管理。

刚刚进学校的时候，我挺想接受它的。但在上了一节又一节让人昏睡的课程后，我意识到，想让自己喜欢上这个专业是不可能的。于是，我坚毅地做了一个重要的决定：课也不上了。

这样的结果是，我慢慢脱离了班级生活。记得有好几次在电梯里碰见同班同学，我发现自己竟然尴尬得再也想不起他们的名字了。

其实，从高中开始，我就一直喜欢互联网，想做设计师。意识到自己应该换方向后，我开始参加网上的设计比赛。那时候，我整个长假足不出户，从临摹作品到原创设计，关在宿舍里对着 Photoshop 敲了无数次键盘。即使作品惨不忍睹，我也会暗爽好久。

后来，我加入了一些创业组织，开始了白天奔波、晚上改设计稿的生活。有时候到了深夜，我还是会把电脑搬到床上，插上耳机，再静静地改到好晚，也因此养成了熬夜的习惯。

说实话吧，有时候打开朋友圈，看到有些朋友念着我的理想专业，整天为他们的作业和考试焦头烂额，真的好羡慕。但他们总是愁眉苦脸地抱怨："再喜欢的东西成了任务，都是负担。"

刚开始出去实习的时候，老觉得自己是"野路子"，在科班出身的同行面前，会显得没有底气。后来跟大家混得熟了，做的东西得到同事的认可和赞扬，才发现，原来自己也可以和其他人在同一条水平线上。

最近快毕业了，班里的同学们也都很忙，读研也好，工作也罢，原来不只是我，大家念着"应急管理"这个不被看好的专业，也都在寻找着自己的方向。

记得有次聚会，有人开玩笑说："明明是一个没什么好出路的专业，但大家被迫自主发展，竟然百花齐放，做什么的都有。"

最终还是被现实逼着，各自奔了美好前程啊。

Jame："我不喜欢她，可我又要对她负责。"

我是这篇文章里最后一个做分享的人，我是一个医学生。这趟浑水吧，就像2015年的股市，一进去就被套牢了。

我也是被调剂到医学院的。本来医生就不是我的首选出路，如今卫计委又出台新政策：专培。

原本顺着医学这条路子走下去，本科、硕士、规培，层层叠叠地发展便会磨去快十年的光景。如今，卫计委又来加个2—4年的专培。如此一来，或许待我能养活自己也得过了而立之年。这和我一向的人生规划相去甚远。

当初我考进大学，真的只想着读个四年制的专业，出来做自己喜欢的事情，又或者按我妈说的那样找份安稳的工作。

可是医学专业的出路真的太窄了。我听着师兄师姐们认真讨论转行的可能性，却只能感叹"很难"。我既不像过儿，有一技傍身，更没有底气用最少的精力去兼顾本专业。

每学期的课程都像一张密密麻麻的蜘蛛网，身边不少同学都把生活过得如同高三那般辛苦。我算医学生里比较不务正业的了，但每周的大部分课还是不敢翘的。

这个期末，我整整一个月每天只睡五六个小时。即便如此，我也只能把成绩保持在一个普通的水平。而且我们专业也不支持我们自主发展，因为没有一年的临床实习经验，我是毕不了业的。

所以，"读医的我不禁要对自我发展负责，还必须对将来面对的病人负责。"

我常常在想，现在的懈怠，很有可能导致以后在临床实习时措手不及。可是我又还没想好是不是就这么做个医生。

每每别人问我"考不考研""毕业之后做什么"之类的问题，我都用"我还有好久才毕业呢"来搪塞他们。其实终究是因为自己想不通、做不出抉择。可现在，我也没多少机会说"我还有好久才毕业"了。

我总调侃：读医，活像被一个女的强奸了，而我却要对她负责到底。

即使总是挂着一副吊儿郎当的模样，内心里，其实我比谁都着急。

最 后

今天广州下雨了，大抵是 2016 年的第六场。

我之所以记得那么清楚，是因为前几场雨我也同样没有带伞。而且场景都异常雷同——十点钟，复习了一天的功课，一身疲惫，走出图书馆才发现下着雨，却只能淋着雨回宿舍。

但今天早上我是打着伞去图书馆的。我考完试了，准备借本《黄金时代》回家看。可是找遍了书架，偏偏找不到这本书。

后来发现了一本《我是医生不是人》，于是我把它借了出来。

或许看完之后，我就不会那么踌躇了。

这些烂宿舍差点毁掉我们的大学生活

一

老汤姆

在烂俗的青春小说里，大学的生活是明媚的。

但我想，在这个世界上，一定存在着许多人，在享受了明媚的阳光后，总是被迫回到阴暗、潮湿的宿舍。

"即使现在快要毕业了，我还记得高考前老师对我说的鬼话——关于大学的美好与舒适。然而，来到这所大学后，我发现生活的确多彩了起来，只是每次回到宿舍，我又得面对比我以前的三线高中还要烂的环境。"

我打电话给广州天河驰名高校的烂宿舍常驻人员，他夸张地对我说起了自己的宿舍。

大概一年前，他因为不堪忍受宿舍的环境，自己赚钱搬到了学校对面。听着他认真讲述宿舍的声音，我仿佛又回到了在大学里居住的时候。

我也想起了，在我天真地填报高考志愿前查到的那些学校官网里拍得整洁明亮的宿舍内部图。

对了，差点忘记说，其实前面那个人就是我曾经的舍友——主编Blake。

考上"211"，
来到宿舍那一瞬，行李直接被吓掉

2012年9月的一天，当我交完五位数的学费，满怀憧憬地坐上家人的商务车，运载一大堆衣褥以及一干生活用品来到暨南大学时，并没有想到未来四年会住进一个烂宿舍。

到达以后，在老爸曾经的学生、大学里某位领导的带领下，我来到了将要入住的那栋宿舍楼。

我看到它残破的外表和摇摇欲坠的大门时，我手上提着的那只大行李袋直接被吓掉了。

我吞了一口唾沫，转身拍拍老爸的学生："哎，老师，我能不能申请调换宿舍？"这位老师很惊讶地看着我："当然不可以，这是学校的安排，一住就是要住四年的，没有特殊情况是不允许调换的。"

老爸走上来，像个老领导一样说："吃得苦中苦，方为人上人。"

我只好默默地搬行李上楼。

进了宿舍门，就看到了这个宿舍门牌："203。"这是我一辈子都无法忘怀的数字，我都还没有意识到头上的蜘蛛网，老妈就已经在后面惊呼："天哪，这怎么能住六个人？！"我的行李袋再次被吓掉。

这间宿舍可以住六个人，那个白天只到了四位同学。我安定下来之后，看到他们的家长都在忙上忙下，帮我们扫地、擦柜子、洗床板、挂蚊帐。当他们看到自己的心头肉要住在这样的宿舍时，或许心里都是拔凉的。

就连告诉我要"吃得苦中苦"的老爸都说："怎么和我当年读大学的时候一个样，一点进步都没有？条件确实差了点。"

后来，我们强行习惯了这个宿舍，开始在这栋"金陵三栋"外寻找大学的美好。

其实大学生活也是蛮美好的，除了没什么人看的运动会、很烂的开学游园会，还有一些十分自嗨的活动。可是每次走进这栋宿舍楼，一切美好的现象都灰飞烟灭了，只留下一股浓郁的氨气和霉味。

身在二楼，除正午外，从未见过阳光，永远阴暗、潮湿、狭窄。

重点采访来自北大和华南师大

其实，今天写这篇文章，我也是有备而来的。我问了几个在北方读书的朋友，他们自觉学校的住宿条件的确不怎么样。

在此，我特地采访了来自北京大学的高中同学。

她是我高中同学，高考一战成名，考进全省前十名，被北京大学光华管理学院录取。我眼看着她走进了中国的顶尖学府，却住着比"金三"还要糟糕的宿舍。

我忐忑地拨通了许久未联系的电话，想好的许多寒碜人的话一句也没有讲出来，直接就问了一句："要不跟我们讲讲你的宿舍？"

她倒也实在，直接说："四人间，上下床；没空调，窄阳台；二十平方米，没有独立冲凉房。"

"那你怎么洗澡？"我问她。

"一层一个澡堂，有间隔，没有门，互相欣赏裸体。"

"还有什么感觉？"

"像回到了家乡，很破。"

挂了电话之后，虽然不愿意承认，但我是暗暗高兴的。原来，在中国最顶尖的院校读书，住宿条件也没有比我们好多少。

坐落在广州市最繁华市中心的华南师范大学石牌校区，也是在宿舍条件方面有些传说的。带着疑惑，我认真地采访了华师大的一个学生后，她给我发来两段话：

"我住的地方，是一个没有地板瓷砖、毛坯工厂风十足、没有阳台、没有空调、没有上下床、没有花洒、没有衣柜的传奇之地。"

"我朋友住的地方，是一个没有地板瓷砖、毛坯工厂风十足、没有阳台、没有空调、没有上下床、没有花洒、没有衣柜加没有独立卫浴的极度传奇之地。"

看着不远处CBD的玻璃高楼和手机里她居住的毛坯房照片，我给她发了一个我购买过的淘宝睡袋店铺名称，还有比较便宜的大理石地砖购买链接。

其实像我们学校一样，因为经济发展，学校大都已经建了新校区，有了新的好宿舍和设施。但是，总是会有一些人被分配到最老旧的宿舍。

几个月前，我在一家公司实习，刚好碰到了暨南的校友。他问我住哪里，我说"金陵三栋"，他忍不住笑了："十五年前我读书的时候也住在那里。"

怨天尤人不如自食其力

埋怨过后，当然就是要解决这个残酷的问题。

主播田心在去年迎上了一次学校难得的宿舍大调整，从"金陵三栋"搬离，去了条件最好的男生宿舍。那是一栋全新的大楼，四人间，上床下桌，独立卫浴，灯光通明。

其实他是难得地感受到政策红利的群众。每每提起母校，他都油然而生一种感恩之情："我觉得，我最幸运的事，就是考上了这里，住得好，吃得好，交通又方便。"

而曾经住在这里的主编和我,已经搬出来了。如果无法忍受这糟糕的生活条件,我们只能主动去改变,即使是小小的改变。

和我同一间宿舍的邹同学,就没有遇到政策红利那么幸运了。作为一位略有洁癖的"学霸",他改变自己住宿环境的做法是购置了大量提升空间利用效率的小型家具和一些精致的装饰,然后他给自己创造了一方净土。

在同一条走道的另一个宿舍,我也认识了一个来自安徽的小伙子。他同样居住在二楼,但在这潮湿的环境下,他给自己买了一套精致而美好的茶具。

每日下课,他就在宿舍门口痛快地吸一口烟,和三五好友大声说笑。讲完话,掐掉烟头,他又会缓缓地走回宿舍,绕过堆在地上的袜子,泡上一壶热茶,在干净的桌面上慢吞吞地编程。

我想,这大概是道行很深的少数人才能做到的。

我的第一根烟就像初夜一样难忘

桦 璃

上了大学以后，我认识了挺多吸烟的朋友。记得开学第一天，一个同班同学和我说的第一句话就是："Hello，你吸烟吗？"

我摇了摇头，他露出"真遗憾啊"的复杂表情，然后转过身走到走廊的尽头，点燃了一根黑冰。

在我的大学生活里，能最快混熟的，大概就是一起抽烟的人了吧。每当下课铃响起的时候，他们都会习惯性地使个眼色，然后走到楼梯间抽烟。

"走，抽烟去。"

"妈的，没带烟。"

"我这儿有，走。"

通常，简单利落几个字，就能把几个趴着睡觉的同学唤醒，一起走到教室外。拿出打火机，刺啦一声响起，大家就开始聊起近况，顺带吐槽课堂无可救药的无聊和最近男女朋友的那些破事。

不同牌子的烟，还会换着抽，就像小时候交换游戏卡牌。聊到舒心了，掐了烟，继续回去上课。不知从什么时候起，每次盯着几个烟友在一起抽烟聊天，总能隐约感觉到一种"革命战友"的情怀。

最近和一个抽烟的女生出去吃饭，我问了她一个问题："你是怎么抽上第一根烟的？"

她放下了刚刚从麻辣烫里夹出来的豆皮，想了半分钟："第一次抽烟是在初二，因为喜欢的那个男生身上有烟草味。"她又开玩笑说，自己那时候就像搜救犬一样，从那个时候开始变得越来越像他。

"后来在一起了，会买烟给他抽。听他的歌，穿他穿的鞋子，看他的漫画，喝他喝的酒……分手后，就做回自己了。离开他才发现，自己原来一点也不喜欢王心凌和Vans，更不喜欢听引擎声和猜名车。已经过去那么久了啊。"

忽然想起了她前段时间发的一条朋友圈，照片里，是地上铺着的几十张专辑，配着一句话："算不算是年少轻狂，正版王心凌签名碟求接手。"

早就听说过，大部分女生的第一根烟都是因为感情。但通常，她们抽着抽着，就再也没有放下夹着香烟的两根手指。

我发了一条朋友圈，问大家为什么抽第一根烟。男生的理由，似乎也要比女生的多一些。

d说："有一天，我哥拿着一杯水带我走到天台上。上来之后，他问：'你知道雀巢冰爽茶的广告是怎么拍的吗？'我说不知道，然后他就点了一根烟抽了一口，然后喝一口水，再把烟吐出来。那时候，我觉得很帅，就要求我哥教我，然后我就学会了进肺。"

宁说，第一次抽烟，是在新年回老家的时候，那时候玩鞭炮，家里没有香，于是就偷了老爸的烟，然后就抽上了。

而另外一个朋友就说一直觉得抽烟很帅："中学的时候，在一个风儿缠绵的秋天里，我走进了一家网吧，买了五毛钱两根的椰树散烟。"

还有一个朋友，是他爸要求他抽的。

同班同学Cecil从初中就开始抽烟了。他总跟我说，烟能达到麻痹难过的效果。

难过的时候，总会想拿出一根来抽，抽着抽着，好像就变得没有那么难过了。

"你明知道它对你身体是有害的，但是眼前的难过确实让自己难受，相对于长久的有害，还是会选择短暂的舒缓，就像止痛药一样。"

先前一段日子，工作压力挺大的，就和学校的一个社团负责人聊天。他对我说："无论怎样，不要学我抽烟。"因为压力而抽烟的人，也真的不少。

我有好几个当时参加艺考的朋友，也是因为心理压力很大，不自觉抽上了烟。和那么多朋友聊完，也真的感觉抽烟就像缘分一样，缘分到了，也就抽上了。

这让我想起一个朋友的故事。

它是一种寄托

我的第一根烟是在大学。跟她是异地恋，我们见面的时间很少，她总是问我到底是爱她的人还是爱她的身体。

还记得有一次吵架，吵得很凶，我还是忍不住给她打了个电话，聊着聊着，气氛缓和了些。我跟她已经在一起十年了，我问她："你觉得我们以后会结婚吗？"

她说，不知道。

我很绝望，很忐忑，整个人都很蒙，就到楼下去买了一包烟。第一根抽完了，我咳了很久，然后还是决定接着抽第二根。抽的时候很迷茫，但是抽完能让我在彼时彼刻忘记不愉快，结果没想到，还会有第三根和第四根。

最后我把一包都抽完了。

后来我跟她分开了，每当想起她的时候，我总会拿起烟来抽。希望什么时候放下了，我的烟也戒了。

烟一直见证着故事：事情的开始以及结束。

在生活里，我见过形形色色的烟民——神情沮丧、面容憔悴的出租车司机单手搭在车窗上，点燃了一根红双喜；踩着八厘米高跟鞋的职场女性，刚刚从富力中心走出来，点了一支 ESSE；写稿卡住了的编辑，也会默默抽出一根烟，走到阳台上，盯着珠江新城的四季酒店。

虽然他们现在都这样漫不经心地抽出一支又一支，在便利店买下一包又一包，但几乎无一例外，他们的第一支烟都是难忘的。

这些时常飘散在空气中的烟雾，就像一个短暂的无形纪念碑，继续弥漫，很快消散。

虽然我们年轻，但是我们身体差

丸尾同学

前几天和人聊天，无意中说起了我的新学期计划。

我虽然不是一个积极规划未来的人，甚至在以前的文章里鼓吹把寒假拿来随便干点什么而非学习，但是我还是耐着性子制订了计划，并且下定决心把它执行下去。不是我突然变了性子，而是这三项计划实在是有些紧迫的意味。

一是定时去量血压，二是定时去测血糖，三是定时去运动。

之所以有这个计划，直接原因是我最近突然出现了心律不齐，每次量完血压都能听见电子血压计刺耳的提示音。根本原因，则是这几年我看到了太多身体突然垮掉的事情。

他们年纪轻轻，却因为对自己的不爱惜，早早就背上了沉重的健康负担，不但活得没滋没味，还失去了很多对未来的竞争力。

青春小说里常有类似这样的话："我们虽然没有钱、没有车、没有头衔，但是我们还有青春的肉体和满身的朝气。"现在我时常用此提醒自己，你什么都没有，千万别连健康的身体也没了。

大年初四那天中午，我从外面回到家里，手里拿着一块鸡排。洗手，坐定，正准备吃的时候，我妈告诉我，大年初二的凌晨，我二舅的儿子，也就是我的表哥，突发脑溢血，目前躺在医院的病床上。

我看着手里这块高油高热量的鸡排，不知道是该吃还是不吃。

下午到了医院，映入眼帘的画面让我吃了一惊，他怎么这么胖？虽然过年前才见过他，但那时他尚处于羽绒服的掩盖之下，显得只是普通的壮硕。这时的他只穿着一层薄薄的病号服，我才能十分明晰地感受到他的皮肤之下到底有多少脂肪。

去了自然先是例行地询问一下情况。然后得知，他初一晚上熬夜打麻将，熬到初二凌晨突然就倒下了。他本身就是两百来斤的体重，长期高血压，还缺乏运动，平时倒也不熬夜，这次一熬，就熬出了问题。

医生说，他虽然只有二十来岁，但是身体各方面机能已经是四五十岁的程度。

看着他嘴巴歪斜地躺在那里，肚子高高地把被子顶了起来，氧气管从床头在脑袋上绕一圈后插在鼻子里，手上的胶带下也渗着血。虽然他还可以含含糊糊地和我们说"没事没事"，但是我一点也感觉不出"没事"的意思。

回家之后，我越想越害怕，然后开始每天量三次血压。

我以前特别爱吃紫菜包饭，因为它完美贴合了我对食物的终极要求：好吃，顶饱，饭和菜可以一次吃进，十分钟解决战斗。所以，我每次都会点上两份。

但是有一天我发现，不知道为什么每次吃完紫菜包饭，我都会特别渴，特别多尿，特别困。这样几次之后我突然发现，这不就是糖尿病的症状吗？吓得我又跑到校医室去测血糖，还好空腹和饭后血糖都正常。

医生说，应该是胰岛素作用功能偏弱，以后不要短时间内摄入太多淀粉了。从此我就变得小心翼翼，米饭也吃得越来越少。

上个暑假回家，发小儿约我出去吃饭。那天天气酷热，吃完饭，我提议去游泳。

结果他把 T 恤一掀，露出了一肚子的针眼给我看，然后就开始对我大倒苦水。他家本来就有家族病史，爷爷、叔叔、爸爸都有糖尿病。高中毕业后，他去当兵了，复员后直接进入单位工作。

出于对当兵几年的补偿，他回来后大吃大喝，每顿吃肉不说，还丢掉了当初热爱运动的良好习惯。结果就是，体重直线上升，肚子就像怀了几个月的孩子。不知不觉，他就光荣地加入了糖尿病人大军。为了保护他残存的胰岛功能，他也只好一直坚持皮下注射胰岛素了。

越来越多的针孔和泛色的肚皮，大概是他每次洗澡时最大的痛吧。

以前陈丹青说过一句话，到了国外，看见人人都是一张不受欺负的脸。

去年拍毕业照的时候，看着朋友圈里刷屏的照片，我说当代大学生人人都是一张缺乏睡眠的脸。每个人脸上都有黑眼圈，虽然会机灵地用软件处理掉，但是又在别人发的照片里露馅了。

我司向来有熬夜的光荣传统，不到零点之前几分钟绝不推文，搞得编辑们个个看上去形如槁木。之前 Jame 写过一篇《我感觉再熬夜我就要死了》，大家看完纷纷点赞，然后继续熬。

我原来也常熬夜，但那时还是有事可做的熬。

后来，发展到习惯性熬夜。明明没什么事情要做，但是就是不想去睡，导致第二天起床起不来，别人叫你，还有起床气。睡到日上三竿终于起来了，还要面临越来越容易胖、越来越傻、越来越易怒、越来越容易得心脏病的风险。

不，是真的越来越胖，越来越傻。

有啥别有病，没啥别没健康。我们往往自以为年轻，放松了对自己身体的管控。惨一点的搞到自己满身是病，轻一点的也容易进入亚健康，为日后埋下风险。

身体是革命的本钱，不管有没有成功的可能，还是希望大家不要还没输给别人的能力，就先输给自己的身体吧。

你说，谁他妈的不辛苦

紫菜姑娘

在《欢乐颂》成为人们茶余饭后的话题焦点那段日子，我也热烈地跟风追起了这部处女座导演的职场剧，觉得它真实且现实。

记得初看时，我就认准自己就是那个老好人关雎尔，除了在很多方面不会拒绝别人，可怜巴巴地工作外，日子也过得不如周围的人轻松。

之后，几集看下来却发觉，不同阶层的五个姑娘各有各的难题。富二代的小曲在家娇贵成公主，出外还是要向客户点头哈腰赔着笑脸。从华尔街归国的安迪不愁吃穿，却因童年的不幸而心有创伤。樊胜美已然到了适婚年龄却苦于单身，并且还要用自己微薄的工资养家。

而生活也正是这样，布满或大或小的刺，别扭地卡在我们每个人的日子里，无人幸免。而我们要么迎难而上，要么在坎坷之下妥协。

于是，我想起距离当下最近的全力以赴的一段日子。那段时间里我放下手机，远离聚会，颇有苦心孤诣的架势。熟悉的朋友见到我泛着油光的脸和不羁的装扮，也开始相信我的决心。

同时，也有朋友关切地问："大四才开始复习考研，你不觉得真的有点晚吗？"其实，不用他们说，我自己也知道，太晚了。然而，不时在脑海中闪现出在北京实习的日子，想起身边一起实习的名牌大学生，又决心努力试一下。也许，未来会不一样。

尽管最后我用尽全身气力也没能如愿。

在说这段拼命的日子之前，先要讲讲迫使我如此奋力一搏的原因。

那是大三的暑假，当大家都在为工作疲于奔命时，我有幸得到去北京某知名电视台实习的机会。我爸当下果断地拒绝："这会儿大家都在为毕业的工作实习，然后留任。你这个又不能留下来，也没有实习工资，你图什么？"

哑口无言的我，无力反驳，然而还是自顾自地北上了。

人们都说，外地的年轻人能留在北京十分不易，但是一拨拨拎着行李拥入帝都的人却从未减少过，而我也是其中一员。

那天因暴雨而延误了四小时，折腾了一天最后于深夜降落在北京机场的我，油然而生背水一战之感。由于实习时间有两个多月，我拉着扯着背着沉重的行李，步履维艰地走着。

这种艰难像是我之后实习的每一天，也像是考研复习的那些天。原来，很多事情早已有端倪，只是我事后才明白。

实习的日子奔波而充实，早晨六点半起床步行二十分钟到地铁站，然后从三环到一环。偶尔犯错，只能做好准备迎接责编不分青红皂白的责骂。只是，这些都比不上身边名校出身的实习生更令人沮丧。

因为人家说起来："我们学校可是'985'呢，你们……"

当我大四上学期决定考研，意气风发地告诉为考研复习了近两年的室友时，她诧异地望着我："天哪，你考研？"然后在表达了一堆感慨，总结为一句即"你一个学渣竟然开窍了"之后，补了句："那个，我不考了。"

正想问为什么，她已经走了，那时我开始明白，这条路没那么容易走下去。

天气预报

我复习的过程和大家没什么两样，每个月的大计划，然后每个周的小计划，天天奔走于宿舍和图书馆。有时早晨走进图书馆，晚上出馆时下雨了，一布袋的书在手上勒出了印子，身上没有伞。于是，一狠心便淋着雨冲回宿舍。

走在路上的时候，好像自己被遗弃了。

可是，转头一想，这不都是自己不看天气预报的结果吗？因为这样，才平白无故地增加了复习的辛苦。当然，这都是我第二天一觉醒来才想明白的。

关于一棵树

复习的日子很单一，每天走两遍校道。早上七点蹑手蹑脚地离开宿舍，咬一口叉烧包，喝一嘴豆浆，迈着大步走向图书馆。等到晚上十点半响起闭馆音乐《茉莉花》，在"好一朵美丽的茉莉花"中又急忙多看几行参考书再打道回府。

也不知过了多久，某天弹出一条微信："路过暨大见到一棵一半开着白花一半开着粉花的树很漂亮，你知道是什么树吗？"我看着这位校外朋友发来的信息回想了很久，把脑海中的学校搜罗个遍，也没找到那棵树的身影。后来，我转身问室友，原来那棵树就在图书馆前的广场角上。

才发现，每天埋头走路的我不知不觉已错过很多人、事、物。比如和 Ninety 在一起的最后一个生日也没能去成。

组织里，大伙的第一次集体秋游是去海边。那时正当 10 月中旬，我还在进行第二轮的复习，于是任由丸尾、Blake 还有 Jame 一齐劝说，我依然无动于衷。要知道，于考研的我来说，连作息时间都精确到了每一分钟，更何况放下书本去玩两天。

于是，那两天的我就刷着朋友圈给大家挨个点赞，感觉也像是去了海边。盯着照片里龇牙咧嘴的大伙，我只能告诉自己先苦后甜。

然而，过年出分时，看到与分数线差距巨大，我才明白，有些事情只能是先苦，后来还是苦。

关于一对情侣

因为一直是一个人，所以，一般午饭的时候，在饭堂快速买一碗面就端去人少的地方吃。结果，某天一对情侣缠绵着径直走来，坐在我对面。我翻了一个主编款白眼，心想，我他妈的自己跑这么远了，还是躲不过互相喂饭的他们。

他们毫不避讳地谈论着两人之间的事，我听多了竟也有些羡慕。毕竟，已经很久没有人闪动着真切的眼神，对我说："喜欢你。"

后来，领略了各式吃饭必备戏码，心里甚是苦不堪言。饭后看书的时候，我又更努力了一点，为了什么，我就不说了。

关于朋友

考试的时间太紧，好朋友阿六为我备好饭，用保温布袋包着。一碗汤、一碗米、一荤两素，和家里的一样香。

不是我多么想去北京，只是我知道只有拼命去更高的地方，日子才会更如意。

就像阿六喜欢飞机，我挣大钱了才买得起送她啊！虽然，今年的生日，我送她的是一只宜家的公仔猪。

就在刚才，手机里的考研APP突然出来一条通知，我条件反射地心里突然一紧，以为自己还在考研复习中。回想了片刻才算清，考研已经过去很久了。

真不知要过多久我才会忘记坚持这么久的一件事。

记得考研的第一天早晨，我在华师大的教学楼外等候入场，看到教学楼前席地而坐背书的女生、紧紧攥着孩子手的父母，还有陆陆续续走来的考生，一手资料，一手早餐，两口一个鸡蛋。

考生们大多面无表情，只有结伴而来的偶尔说说笑笑，也许，只是用笑脸掩藏内心的焦灼。等候开考的我，清楚地记得，一个微弱的男声合上书后说："大不了再来一年。"我下意识地回头，想要顺着声音的方向看看是谁。然而，拥挤的人群早已无法分辨。

转念一想，也许这是每一位立下目标的考研生的心里话。

最后一场考完后，我没有像和自己约好的那样大哭一场。因为一天6小时、14张A4纸写完后，一点哭的力气都没了。走出校门，看到满面愁容的男生让路人帮自己拍张照片，他举着考试的笔袋，笑容勉强。在谢过帮忙拍照的同学后，他自言自语："留个纪念。"

有些住在学校宾馆考试的考生，拉着行李低着头缓慢地走着。我看不清他们的表情，更不知道他们是否能如愿。我只知道，二十来岁的我们，还要拉着渐行渐重的行李走得更远。

回到宿舍以后，校园网很慢，我并没有把《真爱至上》看完就关了电脑。

其实，放弃一个东西、一件事太容易了，庆祝在考研这件事上我坚持到了最后。这事儿，也必定要成为我日后挂在口中的"当年勇"。

关于一部电影

那段时间，我热烈地爱着《我的少女时代》，也为徐太宇和林真心蠢蠢的勇气而感动。而结局是，少女时代的林真心没有和徐太宇在一起，直到她成为气场十足的职场的人，两人才重逢。

而我的少女时代也满载遗憾地结束在考研后，我终于放下了不切实际，而是去寻找生活的刚需。实习和考研的那大半年，生活起起落落，踩踏着心中的理想，终于明白为什么那三个姑娘唱着《不想长大》。在此之前的我，立志成为祖国的栋梁之才，而后只希望挣大钱。

这样看来，我和林真心的少女时代都不太如意。那我只好期待着几年后的重逢，和当下的目标，和更好的自己。

很多时候，完成目标的过程，常常是一件踉跄而尴尬的事，未必有励志电影里那么经得起特写。我并不想为付出的那段时光正名，鸡汤味十足地说："即使失败，也是值得的。"

但是，那段日子让我明白，每个人都在为想要的未来坚持而又煎熬着。我们，并没有自己以为的那么辛苦。

记得某次闭馆音乐响起后，我满意地收拾书桌，自己又努力了一天。然而，当我走下楼梯的时候，看到的是大片大片的人群拥向图书馆外，就像中午走向饭堂的人一样多。

你会发现，原来，努力是一件和吃饭一样平常的事情。

要毕业了，饭还是要一口口吃，然后，步履不停。

02

故　　　事　　　铺

不管怎样，

这就是

20岁的我们

清华的状元与小卖部的老板

—

老汤姆

某个宿醉后的上午,我挣扎着从床上爬起来。前一晚的醉意,还没有散去。我蓬头垢面地来到了饭堂,想喝一碗热粥。

这个时候,我的身旁坐着两群高中生。其中穿着深色校裤的那群谈论着最近的球赛和电影,大声又充满力量,手里拿着 iPhone 刷着朋友圈。

而另一群学生来自广东最有名的高中,他们大都口里念叨着函数题和物理公式,一个同学则在他们的讨论声中安静地看书。

这两群人有差距吗?

"我这个2012年的状元……"

高中时,有个朋友对我说,学校里有两种人闪烁着光芒,一种是在赛场上叱咤风云的，一种是成绩名列前茅的。而后者的光芒是持续的，他们在饭堂里排队、默默背单词的身影都带着闪亮的光环。

我的后桌就是这样有光环的女生。

其实她并不完美。

我很清楚地记得，她下课的时候，会偶尔向我吐槽老师的啰唆，会生病、没有状态、不想上课，也会偶尔有小脾气和我吵架，当然，她很聪明，而且勤奋。

就是这样一个看起来普普通通的人，后来成为了省状元。清华、北大和港大的招生办负责人都来到了我们学校，抢夺她。

初上大学时，我曾给她写信。她回复了一段让我印象深刻的话：

"有次我上一门公共课，来迟的我坐在了倒数第三排。

"无意中听到了前面的同学的谈话。A对B说：'哎，我怎么觉得见过你。'B回答：'是不是夏令营的时候认识的，你是安徽省的状元，是吧？'A说：'噢，我记得，你是山东省的状元。'旁边的C插话说：'巧了，我是2010年的××省状元。'

"我想我这个2012年的广东状元就不去凑热闹了。"

最近与她聊天，讲起了那些总统的演讲。

她说："一开始在网上看到有总统的演讲会非常兴奋，会很认真地听，甚至做笔记。后来渐渐成长，就会发现他们的演讲固然值得一听，但是更多的是自己的感悟，所以做笔记或许并不重要，重要的是认真听，听完想一想自己的路。

"现在我大四了，这些讲座也听过不少，很多内容都忘了，对待这类讲座还是会偶尔关注，有时间听一听，但是没有以前那么兴奋了。"

从另一个朋友的口中得知，她即将去牛津大学深造了。我们这几个高中的玩伴提起她时，也会不由自主地发出感叹，总觉得她的人生简直高自己一个等级。

然而，她告诉我，学习压力很大，很多事情等着她去做，很忙，觉得苦。听到她这样讲，我开始想，混沌度日的我和她之间有差距吗？此时，我认为我们是有很大差距的,因为我们处于两个完全不一样的层次。

最后,我还很天真地问了她一句:"我每天都很闲,也不上课,没什么作业,你愿意和我换吗?"她给我回了个"迷之微笑"和"迷之省略号"。她说:"别天真了,你觉得我会愿意吗?"

我觉得我的人生很失败

我的另一个同学,与我同年出生。初中毕业后,他就没有继续上学了,后来许久不联系的我们突然有了一次对话。

自从用微信后,我很少上QQ,偶尔上了一次看看有什么留言,便看到了他。他在QQ上问我现在在做什么,我说我还在读书。他说:"怎么读那么久还没读完?我女儿都两个了。"

他的爸爸是做生意的,给他盘了个铺位,所以他现在开了一家面积挺大的便利店,就开在一家中学的对面。

这家店铺生意挺旺的。每次下课,都有很多女生会在他的店里买杂志和卫生巾;满头大汗的男生会在他的店里买冰镇汽水,光着膀子坐在店前的阶梯上哈哈大笑,吐槽刚刚在球场上某个人的球技很烂。

而他呢,一边看着iPad里放着的最近热播的电视剧,一边熟练地给买东西的人们找钱,偶尔有一两个他认识的男生出现,他便取下耳机和他们寒暄几句。

他穿着短裤,踏着人字拖,中学还没放学时,他就在收银台发呆。年纪大一些的那个女儿送去上学了,只有还很小的那个女儿踩着三轮车在便利店里穿梭,偶尔在货柜的深处大喊几声"爸爸"。

后来我加了他的微信。

我这种爱八卦的人，加微信的第一项重要仪式是当然是把他的朋友圈翻个底朝天。

我发现，和我同年出生的他的朋友圈竟然与我父母的朋友圈惊人地相似，转发的都是一些医学常识、骇人听闻的理论、最新的骗子手法还有"中国人必须转出去让大家知道"的爱国情怀激动长文。

当我和朋友在看似很有理想地谈着人生目标和互联网+的时候，他最关心的是怎样保护家人和维持健康。我却异常羡慕他年纪轻轻，生活就已经如此滋润和安逸。

某天深夜，他发信息给我："我觉得自己的人生很他妈的失败。"他的房子、车子、铺位、老婆全是家里人给他安排好的，他也没有什么想要追逐的东西。

我又问他同样的问题："你认真地回答我，如果我和你换，你愿意吗？"他沉默了很久，没有出声。我没有再管，就放下手机了。

第二天起床看到他留言，说："算了，都是命，我不换。"

他和我之间，有差距吗？

我们的目的地在哪里

突然，我想起我拿了驾驶证后不久的一种小情绪。

许多男孩子开车时大概都有这样的一种情绪，那就是不喜欢被人超车。我曾经也一样。

当我开着一辆叫得出牌子的车时，如果一辆国产车从我身边呼啸而过，我会骂骂咧咧地踩着油门追上去，一边念叨着："妈的，这也好意思超老子的车，赶着投胎吗？"

而当我娴熟地追上好几辆车，然后快要追上那辆车时，它却慢了下来。车在下一个路口右转驶出了主干道，它的目的地到了。

那时候握着方向盘的我是很失落的。

因为，当我想追赶它，想超越它，甚至是快要超越它的时候，它是不在乎和我去比较的，它的目的地已经到达了。

往后，每当我想到那辆车，我就会不紧不慢了，不论是开车，还是做其他的事情。

我们的起点不一样，终点不一样，路上的状态不一样，经历的风景也会不一样，只是恰巧我们相遇在这一段不长的距离里。

我想，我们和任何人都不存在差距。

别追了。

他拿了我一个指甲钳，然后就被开除了

老汤姆

在这个故事正式开始之前，我想问一下正在读这些文字的你们："你们最放荡不羁的年纪是多大的时候呢？"

反正，我是十三四岁的时候，也就是初中的时候。

我初中学校的名字叫"新世纪外国语学校"，多么高大上的名字。作为校长的儿子，我曾经无法无天地做过不少疯狂的事情。

反正，学校是我家，很难开除我。

其实我只是想警告一下他

初二的时候，我们年级有个班来了个插班生，长得挺帅的，一表人才。

但是他有个毛病，就是喜欢偷东西，他后来说他自己没有办法控制，就是很想偷，尽管家里并不穷。这不是重点，重点是他偷了我的东西。

这让我十分愤怒。

开学后不久，我妈买了一盒指甲钳，是指甲钳、鼻毛夹、耳勺等乱七八糟地装在一个精美盒子里的那种。

我超级喜欢，便把它带到了学校，放在床头。才用了两三天，我就发现它不翼而飞了。我听过那个男生的传闻，心里认定："一定是这个人偷了我的东西。"

平时我身边有几个老大"罩"着我的，所以我跑去跟最熟的那个老大说了这件事，我说："新来的那个偷了我的东西，我想拿回来，你帮帮我。"

本来刚开学，没什么事发生，日子很无聊，那个老大突然来活儿了，当然要抓住这个机会好好练练。于是他当晚下自修就带了四五个小弟到那个插班生的宿舍去。

插班生应该是觉得心虚了，把自己锁在厕所里。老大直接跑到厕所前跟插班生说："你不用怕，先出来，我们都是好学生，我们好好聊。"

插班生信了，就慢慢开门想出来。没想到他一开门，就被几个小弟用水桶套住头，推倒在阳台上，然后大家都围上去殴打他。

大家打累了，就停下来了。他拿开了水桶，看着我们，一直在求饶，说："对不起，我忍不住的。"然后指了指自己的柜子，说他偷的东西都在柜子里，其实他自己没有用过。

我们翻了他的柜子，手机、钱包、吹风筒、MP3、复读机还有冲凉液之类，乱七八糟的，什么都有，我那盒指甲钳当然也静静地躺在那里。

打架的事还是惊动了学校，不过我只是旁观，自然没事；老大是公安局领导的儿子，也没事。

最后，插班生被开除了，因为偷东西。

他是这个世界上同一款内裤数量最多的人

初一的时候,我和新的同桌臭味相投,玩得很近,到现在上大学了我们还是交心的死党。我们当时最爱干的事情就是整蛊别的同学。

我的这个同桌刚好和我分在同一个宿舍,我睡在下铺,他睡在我对面的上铺。

当时我们宿舍还有个很瘦很瘦皮肤非常白的男孩子,他有点娘,开学时还拿错了拖鞋来学校,拿了一对那种阿婆穿的高跟黑色生胶拖鞋,所以我们起了个花名给他叫"阿婆鞋"。

这个"阿婆鞋"很懒,他老爸很了解他,知道他很懒。于是他的老爸给他买了三十条五颜六色的四角内裤,全部是同一个牌子同一款同一个尺寸,装在一个红色的塑料袋里;还买了二十多对白色的地摊货NIKE袜子给他,装在一个黑色的塑料袋里。他的爸爸交代他,衣服可以不洗,但是内裤、袜子一定要换,每周带回家洗一次就行。

不过他们父子俩有多精明我们才不管,我们只管整蛊。

有一天早上,宿管大叔喊我们起床,我用被子盖过头又昏睡过去,醒来时发现已经开始上早读了。我大叫一声:"呀!迟到了!"惊叫后才发现对面上铺也有个人,就是我的同桌,他也睡过头了。

我们匆匆忙忙地洗漱,终于清醒了,意识到,既然迟到了,就不要那么赶了,早几分钟还是迟到。

于是我们的动作慢了下来。穿鞋子的时候,一声巨响把我们吓了一跳,原来是装满"阿婆鞋"内裤的红色塑料袋掉到了地板上。我们上前打开,发现底裤色彩缤纷,像天上的彩虹。

于是我们灵机一动,拿来几十个衣架,将彩色的内裤架起来,然后爬到窗外栏杆上,用七彩的底裤摆出了一个大大的心形,然后大笑着下楼去。

上午第二节课下课后我们要集体跑步,在操场上刚刚好能够看到男生宿舍楼。

那天跑步，天空格外晴朗，我们远远地看到，男生宿舍四楼的阳台上飘扬着一颗七彩的爱心。

我至今也不知道"阿婆鞋"看到自己所有的内裤被挂在阳台的栏杆上排成一个心形的样子有什么感受，因为他没过多久就转学到另一个中学去了。

看来我的艺术才能打开的方式不是很对。

但是现在我能做的只有对他说，对不起，再见。

宿管大叔的那条巨型蓝色内裤

身边开始有人抽烟也是初中的时候，我们这些小屁孩长到十四五岁就开始学大人做各种看起来很成熟的事情，比如亲吻女孩、讲粗话，还有抽烟、喝酒。

我很乖的，初中时当然还没有做过这些事情。不过，我身边的那些穿CK、留长发的小男生可是几乎样样都试过了。

说到抽烟，就不得不提下面这件事了。

我们的宿管是一个五十多岁的凶神恶煞的大叔，他每天恶狠狠地叫我们起床，恶狠狠地逼我们睡觉，中午还会偷偷地逮住我们在宿舍斗地主，然后没收我们的扑克牌。

所以，我们都憎恨他。

特别是那几个调皮的抽烟男生，更是对他厌恶至极。

我们都知道，宿管大叔每个傍晚会趁我们上自习的时候，随便挑一个宿舍进去洗澡，然后把他的的确良深蓝色巨型内裤和洗得花白的大毛巾挂在楼梯转角的小房间门前，他就住在那个小房间里，阴暗又潮湿。

晚上下自习后，我们陆续回宿舍，宿管大叔就开始巡楼了。

这就给那几个抽烟男生极好的机会了，他们蹑手蹑脚去到宿管的小房间门前，用烟头在宿管的巨型内裤的裆下处烫出了一个花洒状的图案。想必，大叔得到了这么一件艺术品，会很欣慰地流泪吧。

后来也不知道怎么的，那条巨型内裤就跑到教导处主任的手上了，不用想，一定是宿管大叔觉得太委屈，去告密了。

学校专门给初三年级召开了一个纪律大会，严肃地讲了这次的"内裤事件"，教导主任警告我们，不许欺负宿管人员。

后 记

听完我这几个可爱的小故事，主编 Blake 感叹道："天哪，当你的同学好惨。"我突然不好意思地笑了，顿了顿，想起当时做这些事情的心情。

"其实我当时是很任性的，我从来没有管过会发生什么后果。"我心里想着。

我想对偷东西的那个"小正太"说："如果我们再见面，我把指甲钳都送给你，但希望你不要再拿不属于自己的东西。"

我想对那个白嫩嫩的"阿婆鞋"说："对不起，我没有考虑你的感受，不应该乱动你的私人物品。"

我还想对那个凶神恶煞的宿管大叔说："我不抽烟，不是我干的，救不了你的巨型内裤，但很感谢你逼我们按时睡觉，不像现在，每晚都不知道在干吗，熬到这么晚。"

那些看了这篇文章津津乐道却没升起愧疚之心的人，你们或许比我还坏。

2006年我们在听S.H.E

Ninety

咖啡快喝完了，我们已经从兴趣爱好聊到当红男明星的绯闻，又从娱乐八卦聊到了婚恋观，说了一圈冠冕堂皇的话之后，我们终于再也想不出话题了，同时看向窗外。即使这只是一个工作日的中午，街上也都是车。

"这个城市就是太堵了，有时候很怀念初中那会儿，骑着辆捷安特去上学，谁也堵不住我。"他感叹道。

"哈哈哈……"我笑着，但心里立刻意识到，这是个好机会，于是试探着说，"我有同事在公司附近买了套房，每天走路上下班，最逍遥了。"

"哈哈哈哈哈……那是最好了。"他尴尬的笑声显然透露着他是连首付也出不起的情况。这没什么，反正本来也不是根本聊不下去，我看了看表："午休时间快结束了，我得赶紧回去，很高兴认识你。"

"我也是。"他站起来，拘谨地和我握一握手。

我已经到了连午休都要拿来相亲的年纪。全世界都在替我着急。

1

"林姐姐,有你的快递哟。"回到公司,新来的前台小姑娘笑着递给我一个纸盒。我看了她一眼,高中刚毕业的小女孩,笑起来腮帮子鼓鼓的,看得人想去捏一下。

拆开快递,是一盒喜糖和一张请帖。晓梦要结婚了。不知道晓梦是怎么知道我的通信地址的,给我寄来了这些,还夹着张她和未婚夫的合影。

晓梦的未婚夫高大黝黑,揽着她的肩时笑得很腼腆,仿佛不知道该不该把手放在那儿,晓梦倒是笑得格外灿烂。这么多年了,她还是一副青春模样,就像前台新来的小姑娘。

2

小时候我觉得何晓梦的名字是全村最洋气的名字,别的女孩名字里都嵌着"美""珍""娜"之类的字眼,俗得要命,唯独她的名字别出心裁,用个"梦"字(后来长大了发现这也没什么特别),据说那是她那个城里来的妈妈取的。

然而有着妈妈取的洋气名字的何晓梦从小就没有妈妈。

晓梦没有妈妈这件事在我们这个小村庄里无人不知。大人们神秘兮兮地告诉自家小孩的成人世界的第一个秘密就是,你班上那个何晓梦的妈妈和别的男人跑了。这件事在我们这个平静闭塞的小村庄里是惊人的秘密、永不过时的新闻。大人们聊天没有话题了,一时不知该说些什么时,他们就意味深长地互看一眼,压低了声音开始讨论:"你们听说了吗?晓梦他妈好像嫁了个香港老板,发了大财……"

如果说晓梦妈妈永远是大人们无聊时的谈资，那么晓梦就是男孩们百无聊赖时恶作剧的对象。同班的男孩们路上看见晓梦就会冲她喊："妈妈偷人，不要脸；妈妈偷人，羞羞羞！"晓梦那时还很小，只有六七岁，但是已经学会了用沉默减少伤害，她听到这些，总是照旧低着头走路，一语不发。晓梦这样丝毫没有反应，自然不够有趣，于是男孩子们又发明了一些新游戏。他们时常在发作业时截下晓梦的作业本，然后把她的作业本当篮球一样抛来抛去。晓梦随着作业本划出的弧线来回奔跑，脸涨得通红，但仍然一语不发，连哭腔都不曾发出，她就这样一直跑，一直跑，跑到他们玩累了，她才能拿回作业本。诸如此类的恶作剧还有很多。

在内陆的那个小村庄里，没有人觉得这样的恶作剧有问题，一个有个不要脸妈妈的女孩，一个成绩平平又邋里邋遢的女孩，一个从来没有被老师重视过的女孩，自然应当被欺负。一个班里总要有一两个像晓梦一样的女孩，成为安全的恶作剧对象，即使被欺负了也不会去向老师告状，即使受委屈了也没有朋友会帮她撑腰，像个没有情绪的玩具，沉默又安全。

3

晓梦当然有情绪，只是班里没有人关心她今天又受了怎样的委屈，至少我从不关心，也从来没有同情过她的遭遇。很奇怪，那时候我明明才三四年级，甚至还不清楚什么是精英，却满脑子精英主义的想法：何晓梦她自己为什么不好好努力？如果她成绩好了，就会受老师重视，就没人敢欺负她了。就算成绩提不上去，起码别整天穿小一号的满是毛球的衣服吧，脏兮兮的，谁想和她交朋友？

那时，我坐在教室的最前面，享受着老师的关注与表扬，而她坐在最后一排，每天小心翼翼地应付着渐渐走向叛逆的男生们。我每门课都是班级第一，老师对我宠爱有加。其他同学上学迟到都要罚站、交检讨，我迟到了，老师却说："一边听课一边吃早餐吧，饿坏了可不好。"大部分人批评不公正是因为自己没有成为被偏袒的那一方，所以我从来不得了便宜还卖乖，总是说："谢谢老师，老师真好。"我穿镇上才买得到的漂亮衣服，留着 Hebe 那样的齐刘海儿，每一本书都包着精致的封皮，每一句话、每一个动作都透着优等生的骄傲、自负与自作聪明。我那时还不知道自己这样有多让人讨厌，反而觉得和晓梦一比，自己简直牛气轰轰，闪着金光。

4

有一年冬天雪下得很大，学校停了下午的课，允许学生们去操场上玩雪。女生们堆雪人，男生们打雪仗。

渐渐地，从男生那边传来的声音越来越响，吹口哨的欢呼声不断。我们好奇，跑到男生那里去看。一群男生互相抛接着一只丑陋的黑底红条纹手套。而晓梦依然是那个手升得很高的追逐者。但和抛作业本不同的是，这一次还有高年级的混混们负责向晓梦扔雪球。

男孩们向来是恶作剧的高手，在他们的反复按压下，雪球变得硬邦邦的，砸到人身上发出的声音比普通雪球响亮多了。雪球砸到了晓梦的脖子，雪从衣领里灌了进去，晓梦扭动着全身想把雪抖出来，像在跳什么奇怪的舞，引得恶作剧的男孩们哈哈大笑。又一下，"啪"，雪球砸中了晓梦的头，显然把她砸疼了，她痛苦地蹲了下去。但是男孩们并没有停止，雪球仍然不停地砸向晓梦。

我从来不认为自己是一个有正义感的人。可是那一天，我突然对这一切感到非常愤怒，头脑一热，我向那群混混喊道："你们干什么？"

"以为自己是谁啊？还不走？！"跟我说话的男生轻抛着手中的雪球，手一扬，要打过来的样子。我本能地一闪，引得那群男生哈哈大笑起来。

我那时已经非常害怕了，但既然已经走到了晓梦旁边，到了人群的中心，我也没有了退路，只好在心里拼命给自己鼓劲。我大声地说："把手套还给她。"

那男生冷笑一声："这破手套谁要啊，还你喽。"说着他操起手上的雪球向我扔过来。我想也没想就立刻抓起一把雪朝他回扔过去。他显然没有想到我敢朝他扔雪，因此毫无防备地落了一身雪。他立刻恼羞成怒，径直朝我走过来，一把将我推倒在地："我告诉你，敢扔老子的人还没出生呢！"我想站起来，却被他用力按在地上。他狠狠抓住我的头发，准备打我。这时人群中不知道谁喊了一句"老师来了"，那男生手一松，我挣脱了，站起来，拉起晓梦的手就跑。

我们跑回了教室，把门窗全反锁起来，还是怕得要命，两个人躲在讲台底下不敢出声。我们两个战战兢兢地在讲台下蹲了很久，外面什么动静也没有，我们屏着气，甚至能听到大片的雪花簌簌落下来的声音。雪下啊下，我们等啊等，明明两个人什么话也没有说，却好像认识了很久很久，有一种温柔而美好的气氛，以至于到今天我仍然相信，和一个人看雪是可以生出很多柔情蜜意的。

"噫！别把流出来的鼻涕吸进去！"看到晓梦正准备把鼻涕吸回去时，我尖声打破了这种柔情蜜意。被我吓了一跳，晓梦不吸鼻涕了，但是举起了手臂……"也别擦在袖套上！"我又喊。晓梦放下了手臂，拖着鼻涕可怜巴巴地看向我。我从口袋里掏出纸巾盖住晓梦的鼻子："来，用力擤！"擤完鼻涕，晓梦摸摸红通通的鼻子，看看我，傻笑起来。

很久以后，当我离开家乡，在异乡的每一个寒冷冬天里，我都会擤无数次鼻涕，其中总有那么一两个小纸团让我想起躲在讲台底下笑个不停的那两个小人儿。

5

这件事本来可以让我们成为好朋友的，但是我们没有，严格来说，是我没有向晓梦多跨出一步。我现在回想起来，我想问自己，为什么不呢？那时候却对自己说，为什么要呢？很多事情都是这样的，每一个曾经的漫不经心都有可能变成后来的后悔不已。长大之后，这样的事情每天都在发生，但是我们没有办法改变。因为在漫不经心的年纪里，我们还不懂得珍惜和后悔，仿佛一切美好的东西都无穷无尽，有大把可以浪费。

2006年，80后、90后都是漫不经心的样子，Selina还没有经历后来的坎坷，是个嗲声嗲气的台湾甜姐；Ella还没有结婚，永远一副男人婆的打扮，最不受我们待见；Hebe还不像现在这样酷，我们还不知道原来她一个人也可以唱得那么好。那一年我六年级，S.H.E正火得一塌糊涂，一整个村的女孩都听她们的歌，学她们跳舞，梦想成为她们。

六年级的我仍然是我们班的第一名，常常被老师委以重任。而毕业班最重要的任务之一就是准备毕业晚会的节目。

21世纪初的那几年，S.H.E发的每张专辑都会有那么一首歌被小学生们唱成儿歌，2006年是《不想长大》。"我不想，我不想，不想长大，长大后世界就没童话。"我和其他两个女孩组成乡村版S.H.E，把这首口水歌听了一遍又一遍，准备代表班级参加毕业晚会。

我们每晚六点都准时守在电视机前看S.H.E的MV，把她们的舞蹈动作记得烂熟后，再到村口的小卖部旁练习，借着小卖部昏黄的灯光，我们互相指导动作，帮对方梳怪模怪样的辫子，穿土得要死的花哨衣服。灯光把我们照得油腻腻的，而我们脑海中的自己和S.H.E一样明亮、活泼。女生时常对自己有这种想象的偏差，从十一岁的时候就开始了。那时候最时尚的音乐设备是一个盘子大小的CD机，我在广告上看到后就一直很想要，但现实是我们只有一台笨重的卡带机和一盘八块钱买的盗版磁带。就这样我们也觉得自己威风神气。

晓梦有一天晚上经过村口，看到我们和着"为什么就是找不到不谢的玫瑰花；为什么遇见的王子都不够王子啊……"的音乐傻乎乎地跳，她竟然也傻乎乎地盯着看，不走了。

另外两个女孩被她盯得不好意思起来，怂恿我去赶她走。晓梦失望地低了头，转身准备走，我却不知怎么地在她身后大喊说："哎呀，看看有什么，我们到时候还得给全校几百人看呢。"

晓梦听了，转身对我笑，这时 S.H.E 正好唱到最后一句"我深爱的他深爱我的他，怎么会爱上别个她"，晓梦急忙蹲下去按暂停键，高兴地说："要不我帮你们倒带吧？"

之后的每个晚上晓梦都先到学校去借卡带机，再把卡带机拿到村口，帮我们倒一晚上的带后，第二天早上再把机子还回学校。但她似乎一点也不觉得辛苦，常常跟着磁带哼歌，看着我们乱七八糟的舞蹈也能露出欣赏的目光。

演出舞台是在操场上临时搭建的，表演那天很冷，但我们仍旧穿了 S.H.E 标志性的短裙和靴子，露出的膝盖在寒风中冻得失去知觉，我们仍旧卖力地在台上唱唱跳跳。现在想起来，2006 年，单反、微单之类还没有在我的小村庄里普及开来可真是万幸，我们的表演也因此没有留下影像资料。

可 2006 年的冬天比现在冷。下了台，我的膝盖已经冻得通红，甚至开始感到阵阵刺痛，我快速地搓搓膝盖，希望能感受到点热量。晓梦大概看到了，从远处跑过来，把她的校服外套脱下来，轻轻地盖在了我的膝盖上："你们跳得真好，就像真的 S.H.E 一样。"

我们几个女孩得意地对视一眼，十分相信这话的真实性，都开心地笑了。现在另外两个女孩在哪里呢？她们是不是也像晓梦一样嫁人了呢？没想到，十几年以后还和我联系的，不是当初一起跳 S.H.E、手拉手买可乐糖的好朋友们，而是我曾经毫不关心的何晓梦。

另外一件我没有想到的事是，那次之后，对，就是六年级之后，再也没有人在寒风中默默把他的外套递给我了。死去活来地爱过一两回，也试着和相亲对象交往过，但是也没有谁能注意到我冻得通红的膝盖了。

6

唱完《不想长大》后，我迅速地长大了，成了个有心事的初中生。听完 S.H.E 之后，我们开始读郭敬明，看偶像剧，悲伤总是逆流成河。

女生们的胸部像馒头一样快速发酵起来，男孩们变了音，脸上的棱角开始分明。90 年代出生的小孩普遍早熟，急匆匆地在 00 年代初就发育了起来。郭敬明的故事里，中学生们都爱得深沉又刻骨，不是抑郁就是自杀，然而现实中的乡村学生生活这样平淡。小学同学一起直升上了初中，来来去去都是那几张熟面孔。晓梦也直升了那所初中，不过我俩不在一个班了，这没有什么关系，反正我俩本来就不大说话。调皮的小男生们长大了，对欺负晓梦失去了兴趣，转而去追隔壁班的漂亮女孩了。我很高兴，晓梦的生活终于恢复了平静。

早熟的少女们生活却起了波澜，大家开始暗暗喜欢那些在操场打篮球的高个儿男生了。每个人喜欢的都不一样，她喜欢个子最高的前锋，她喜欢投篮又准、成绩又好的后卫。而我喜欢池泽——那个刚从镇上转来的转校生，透着股城里人的英挺和沉稳，和我们村莽莽撞撞的毛头小伙子很不一样。

女生们说秘密总是从"我告诉你件事，你别告诉别人哟"开头，听到的女生总是郑重其事地点点头，保证一定帮她保守秘密，一副诚实可信的样子。但事实上，这样的保证仅仅是降低了秘密的传播速度，最终，这件事还是会被所有人知晓。

比如我喜欢池泽这件事。他是初二下半学期转来我们学校的，我在初三开头的某一天终于忍不住把这件事告诉了我的好朋友，到了初三上半学期结束的时候，几乎整个年级的人都知道了——我们的年级第一喜欢新来的转校生！

虽然觉得很难为情，但是这样一来，池泽应该也知道了吧，他会有什么反应呢？我竟然有点期待。

7

可是等啊等，从寒假一直等到初三下学期了，池泽一点反应也没有，甚至都没有让谁带句话、传个字条，我有点失望，只好继续好好学习，考年级第一。

到了5月，镇里的高中有保送政策，我们学校也有名额，尽管很少，但我向来是第一，所以自然能拿到名额。

学校第一次被分到保送名额，十分郑重，准备专门在礼堂开一个保送生大会。学校按三年来重大考试的成绩把全校学生做了一个排名，排名前十的有了预备保送的资格，然而其实保送名额只有六个，选十个人是为了在前六名有人放弃保送资格的情况下有人替补。排名从一到十的学生按顺序依次上台，校长亲自询问："某某某，你是否接受保送？"学生对着麦克风响亮地向全校同学喊出"是"或者"否"，然后在保送协议上签上自己的名字，就算生效了，无论接不接受保送都不能再改了。学校还安排了低年级的同学给这前十名的学生献花。

这些都是保送前一周我们这十个预备保送生就开始排练了的。学校嘛，都是这样，不管是村里的、镇上的，还是市级、省级重点，都一样，学生浪费了多少精力、最后选择了什么，对学校来说都不重要，重要的是这个看上去隆重而完美的形式，因为它象征了学校对政策的重视和配合。虽然我这么说，但我其实一点没有抱怨我的母校的意思，反而十分感谢这个虚有其表的"保送生大会"。因为池泽也是预备保送，通过排练，我可以天天见到他。不过他正好是第七名，很可能最后没有保送资格。

排练的整整一周，我们十个人每天放学都在礼堂碰面，我和池泽也慢慢熟络了起来。他是个很聪明很幽默的人，总是能让大家哈哈大笑。我们两个有时也会远离人群单独聊天，我发现他只和我一个女孩这样单独聊天，也许我对他来说有点特别。为此，我还专门改小了校服裤脚，偷偷买了一支曼秀雷敦的有色唇膏，每天把头发扎得高高的，明明活像个道姑，但那时我觉得自己因为这些小花招变得美多了，也许池泽也会觉得我更特别了吧。

可惜，排练的一周很快就过去了，周末回来就是保送生大会。星期五放学特别早，我正打算去礼堂进行最后一次排练，却在走廊上碰见了晓梦。其实也不是"碰"上，看得出，她在等我。晓梦把我拉到一边，严肃地跟我说："保送生大会结束前，你别和池泽说一句话。"

"我为什么不能和池泽说话？"我觉得很奇怪，晓梦突然来找我奇怪，让我别和池泽说话也奇怪，这么严肃的晓梦更奇怪。

"他……"晓梦低着头，欲言又止，"反正你一定不能和他说话。"

"你不说原因，我可要和他说话了。"我总是这么滑头。

晓梦想了会儿，说："那好吧，可是你不要太伤心了。"

我认真地点点头，其实心里好笑地想着，她能说出什么话让我很伤心？

"我今天做值日的时候听到池泽的朋友们和他商量着，骗你和他一起考市一中，放弃镇中的保送名额，这样你先上台选了放弃，他排在后面正好替补，可以选上。"

晓梦一口气说完了，看看我，我一时都没有反应过来："你是说，他想先假装自己想考市一中，然后在大会前劝我放弃保送镇中的机会，和他一起考市一中，但其实他只是想顶替我空出来的名额？"

晓梦点点头，我被这样阴险的做法噎得说不出话，捏着书包带，一言不发地走去礼堂排练。

排练的时候，池泽果然把我拉到角落，悄声问我："你打算接受保送吗？"仍旧是平时温和有礼的样子。

真可怕。我瞪了他一眼，转身就走。

排练结束了，我发现晓梦在礼堂门口。看到我后，她笑着对我挥挥手："太好了，你没和他说话。"原来她一直在门口偷看。

回家的路上，我请晓梦吃沙冰，晓梦仍旧像小时候吃可乐糖一样一点点抿着吃："你千万不要难过，池泽没什么好的，满抽屉的鼻涕纸都不扔，上课还抠脚，最不讲卫生了。"

我听了扑哧一声笑了："别在吃东西的时候讲这些啦。"

然而还是有点难过，粉色的草莓沙冰都化了，我的初恋就这样结束了。

8

我顺利地被保送进了镇中，而晓梦直升进入了村里的高中，我们像多年前一样，在一个点交汇后又各自散开，不再联络。

有一天上自习课，晓梦突然来了。她现在完全变了，个子长高了，身材丰满了起来，五官变得立体了，不再是以前那个单薄而苍白的小女孩了，那些欺负她的男孩真是蠢极了，他们都配不上她。

我跑出去问她怎么来了。

她甜甜一笑，回答说："我到镇上办些事，你外婆让我顺便把这两件毛衣带给你，怕你冷。"

这时正好下课铃响，同学们进出教室，纷纷来问这是谁。晓梦变了很多，然而我还是老样子，虚荣又不甘示弱，当时正极力向班里同学隐藏自己是从农村来的事，因此不想告诉同学们这是我以前的同学。我红着脸，不知道怎么回答。

"我只是来帮忙送东西的。"晓梦解释得云淡风轻。

十年过去了，我一点也没变，依然什么流行就追逐什么，买诺基亚最新款的手机，偷偷把马尾辫烫成梨花卷，极力摆脱农村背景，无比向往大城市的繁华生活，而晓梦却自然而然地生出了股干净磊落，旁人学也学不来。

我翘了接下来的一节自习课带晓梦去超市买东西。几大排零食货架转了一圈，她却什么也不想买。

"这么多零食、饮料，就没有一样想吃想买的？"

"我找了，好像没有我想吃的。"

"你想吃什么？"

"可乐糖。"

我笑了："没想到你还记得，不过这里没有那种东西啦，城里人不吃那些。"

过了段时间，学校传达室通知我去取一个包裹，上面没有写寄件人和寄件地址，包裹很大，却一点也不沉。我回到寝室打开，里三层外三层地包着，最后打开一个泡沫箱，满满一箱的可乐糖。

我在一天吃一颗可乐糖的节奏中缓缓变化，在吃了那么多可乐糖后，那变化终于累积到使我想不起以前的自己。即使把它们原原本本地寄回来，那个头脑发热地去保护别人的小女孩也不会再回来了，我已没有勇气再去保护生活中任何陌生的弱者了。事实上，有那么几次，甚至在我自己遭受不公与嘲弄时，我都不再反抗，甚至连愤怒都很少了。

10

再遇见池泽的时候我已经是大学生了。我们共同参加一个大学生论坛，天气阴阴的，参加的人也都提不起劲，几个教授连演讲稿也没准备，胡侃了一通，同学们在台下玩玩手机，间或抬起头看看，在适当的地方配合地报以掌声。池泽作为大学生代表发言时，我一眼就认出了他。有五六年没见了，但他几乎没什么变化，仍然一副沉稳干练的样子。

人模狗样，我心里想。

他当然也认出了我。他乡遇故知，他热情地邀请我去喝一杯。几杯酒下肚，我有点醉了，忍不住把当年的旧账翻出来了，骂他城府太深，竟然想出这种阴招。

池泽被我劈头盖脸地一通骂都没有反应过来，想了很久，终于找回了些记忆，他大笑起来："原来你那时是因为这个才不理我的，那不过是他们几个男生起哄，我嘛，逗个乐，吹个牛，就一口答应，说要挫挫那个年级第一的锐气。"

我当然不相信,认为这是他搪塞我的话。池泽摇了摇头:"服了你了,要是我真想这么做,会当着何晓梦的面说?谁不知道她是你坚定的支持者。"

"哈哈哈,什么坚定的支持者?我是总统候选人吗?"

池泽一脸惊讶的样子让我觉得他在演电视剧:"你不知道吗?初中那会儿,你漂亮,成绩又好,就是太骄傲,不把任何人放在眼里,得罪了很多女孩。但是我们班的女孩如果说了你的不好,只要被何晓梦听见了,她就要去找人家理论。"

池泽晃了晃酒杯里的冰块:"平时那么文静的一个女孩子,为了你却可以和别人吵起来,有一次还差点和一个女孩打起来。可惜那时候还不流行'拉拉'这些,换成现在的话,我真怀疑你俩是同性恋。"

后来池泽也跟着喝多了,我俩都是大学生活里如鱼得水的人,拿奖学金、当学生代表、出国交流,所有该拿的都拿到了,但我俩喝醉后的共同话题是学校评审制度的漏洞、负责学生工作的老师的狡黠,学生通过帮老师写论文、打杂而换取得奖学金的机会,某个学生会主席和老师一起暗吞经费……

我们两个这样说真是有些可笑,就好像当年初中的保送生大会一样。我们一面对学校只顾表面工作而不顾对学生精力的消耗的做法感到不满,另一面又为了得到保送机会而只能积极配合工作。那场保送生大会,几乎蕴藏了以后校园生活的一切隐喻。

我们只在喝醉的时候抱怨几声、批评几句,第二天清醒之后,我们还是学生代表,还要好好听老师的话。所以制度啦,学校啦,老师啦,这些事情说到后来是很没劲的,因为我们都对此无能为力。所以我们又聊起了别的。

"我们大学里漂亮姑娘很多,像晓梦那样美得干干净净的却很少,她们都太花哨了。"一晚上,而池泽提得最多的人就是晓梦。

"是啊,晓梦——"

池泽打断我:"不不不,我是第一个发现晓梦的美的人。我那时候刚转来,同学们都说你漂亮，其实我一看就知道晓梦才是最美的那个。"他拍拍我的肩，"你别生气，你是漂亮，但是太要强了，费劲。晓梦简简单单的，看着舒服，能养神。我那时候上课上累了就看她一会儿，一下就提神了，哈哈哈哈……"

11

去年毕业后我回了一次家，碰到晓梦，她在镇上开服装店。她拉着我去她店里坐坐。她的店临街，那是炎热的夏日午后，街上没有什么人，店里也没有顾客。我们很久没见，都不知道该说些什么。于是两个人静静地望着街道、淡蓝色的天、黑色的柏油马路，热风吹过樟树叶发出沙沙声，时间静静淌过，我们好像又变成了两个躲在讲台下的小人儿。

"后来我又遇到过池泽……"我喃喃地说，"他说你那时候总是和说我坏话的女生吵架，还差点打起来……"

"啊……"晓梦愣了一下，竟然脸红起来，"他逗你呢，我才没有做过这些事……"

正好有客人进来了，晓梦起身去招呼客人。

我看着晓梦耐心地给顾客介绍款式，她不再穿不合身的衣服，不再扎丑陋的辫子，但她还是在礼堂门口等我的她，还是我自习课抬头一眼就望到的她，干净、害羞，有些人和太阳一样，永远不会老，你看着他们，就仿佛看见了阳光。

12

2006年,我们在听S.H.E,以为她们会永远流行,自己会永远青春。2006年,我们升入初中,以为成绩越好就越天下无敌,理所应当地高高在上,未来比所有人都更金光闪闪。如今一晃眼,十年过去了,小时候的愿望一个也没有实现,倒是《不想长大》的歌词一语成谶,"长大后,世界就没童话"。从前大人们常常夸我们聪明,可其实多数时候我们不过是自作聪明。就好像相亲时自以为巧妙地去套对方的话,读大学时自以为能干地去做行政杂务以换取奖学金,而事实上,这一切都毫无意义,甚至有些丑陋。

在我们还做着些不上台面的事来换取利益时,在我们还在夸夸其谈地面试时,在我们正在焦头烂额地相亲时,那些我们曾以为远不如我们的人,却依然保留着2006年的自己,干净明媚,快乐自在。

2006年,我回不去了,但是谢谢晓梦,她曾经让我见过最好的自己。

阳光猛烈，万物显形

一

Frank

在熬夜看完马丁·麦克唐纳的电影《七个神经病》以后，我想着电影里那七个孤单的神经病和朋友坐在食堂吃早饭。盯着自己那碗分辨不出颜色的皮蛋瘦肉粥，我无精打采地问朋友"你有没有遇到过很有意思的神经病"。朋友最近胃病犯了，为了转移对于那碗糟糕刀削面的注意力，我听来了这个故事。

我不知道他的名字，所以我暂且就叫他 Bang 吧。Bang 和我的朋友是初中校友，不同班。

那个初中一个年级有五六百人，也算个挺大的学校。记得当时，Bang 的学习很不错，每次考试都能在年级排到几十名，最好的一次是二十二名。可是大家还是喜欢叫他"二傻子"，这个成绩排名，更与他的外号"相得益彰"。

大多数的时间里，Bang 很少和其他人说话，大多是小声地自言自语，没人知道他在说些什么。不知道从什么时候开始，Bang 喜欢上了用右手比作手枪的样子抵住自己的脑袋，在一阵念念有词后突然倒下。

大家觉得 Bang 在故意吓唬人，所以，每次他表演这一套把戏的时候，路过的人总要啐一口："傻×。"Bang 倒下的时候，也不分时间场合。一次朋友拉肚子，在冲进厕所的时候，Bang 正在旁若无人地表演着。而从 Bang 身边跑过的时候，朋友终于听到了他的独白："我现在要枪毙你了，Bang。"

北方冬天雪很大，每年下雪的时候，就会看到 Bang 被一群顽皮的男生追着满校园跑。他们把 Bang 扑倒在雪地里，用雪把 Bang 埋得只剩脑袋。Bang 总是一边挣扎着一边义正词严地破口大骂，像个抗击侵略者的烈士。所以他总是身上湿漉漉的回到教室。

一开始老师还管，后来闹得次数多了，老师看也没出什么事，就懒得管了。再后来，只听说 Bang 没有毕业，重读了一年初三，就断了消息。

朋友手舞足蹈，绘声绘色地讲得很认真。自然，我也听得很认真，以致忘了提醒他那碗刀削面已经凉了很久了。

大概读书这么些年，我们都或多或少地遇到过像 Bang 这样的被厌弃和孤立的人，他们可能是笨，可能是疯，可能是长得不好看。

在我们添油加醋地追忆自己曾经的煽情往事时，这些人稀稀落落地站在我们记忆的边缘，构成一道沉默的背景。他们大多连名字都不被记住，只留下精心编造的外号。一不小心谈到当年被捉弄的他们，都会满脸笑意地自我原谅，那时候，年纪小不懂事嘛。

看着朋友胖胖的身子重新走向卖面的食堂窗口，我想起了我看到的一个故事。

我初中的时候，隔壁班也有个小胖子。按理说班级里胖胖的同学总是给大家带来欢声笑语的，他的身上也确实裹挟着许多欢乐，只不过，是以一种惨烈的形式。

小胖子成绩不差，我经常能在第一考场看到他。他有一张圆圆的娃娃脸，现在想来还挺萌的。但是在男生都铆足力气表现自己成熟的"杀马特时代"，他显得那么幼稚而格格不入。

小胖子平时呆呆的，喜欢把钥匙和校园卡挂在胸前，走得稍快一点就会随风飘扬。有人说，远远看过去，像狗牌一样。他的书包上，一年四季都挂着一个蓝色的保温杯，我不知道这对他是否有什么特殊的意义。小胖子除了喜欢挖完鼻孔乱弹以外，没有什么大毛病，但是他似乎不懂告诉老师是一件不被大家喜欢的事。

我这里没有写成打小报告，是因为他当着全班同学的面以村委会广播员的音量打了一个报告，而且是在男生们拿避孕套装水乱扔的那次。从此小胖子就从一个"傻子"变成一个"讨人厌的傻子"。

有一天小胖子把前座女生弄哭了，据说是因为女生把他的保温杯碰到了地上。男生们终于找到表现男子气概或者说打击报复的机会。初中的教学楼是回字型，于是从那一天起，每一层都会有人在课间看着隔壁班的男生拿着空塑料瓶、纸团追着小胖子一层一层地跑，队形严整，秩序井然。从各个楼层都会传来起哄的声音，就好像西班牙斗牛场里的贵族。

打铃了，大家就会一哄而散，只留下气喘吁吁的小胖子。也是从那天起，小胖子从"讨人厌的傻子"变成"欺负女生的讨人厌的傻子"。

我们每天都会打听小胖子又被怎样戏弄了，并为那些好点子笑到肚子疼。吃饭、睡觉、打小胖子，一切似乎都那么自然而有趣。可能这就是我们自以为的岁月静好。

后来我从隔壁班路过，只是随便地一瞥，看到小胖子缩在他位于教室角落的课桌上做作业，左手拿着一把黑色的大伞。男生们在教室的各处三五成群地谈笑，时不时随手拿东西扔向他，打在伞面上发出砰砰的闷响，逗弄得大家都哄笑起来，教室里充满了欢乐的气息。

我不是武侠小说里喜欢多管闲事的侠客，而故事的主角也不是风姿绰约的美人。我只加快了脚步向走廊拐角的厕所走去，洗手的时候，盯着镜子里的自己，有一瞬间觉得面目可憎。

初三的时候，没有那么多闲时间，可是追打小胖子还是作为娱乐大众锻炼身体的节目被保留下来，偶尔的演出成了低年级学生没见过的盛事。有时候盯着追逐他远去的曲曲折折的队伍，听着他的叮当作响的钥匙串，会想到贪吃蛇的游戏。不同的是，这是条由一群十四五岁孩子拼凑的蛇，把小胖子逼向边缘。

他们边跑边喊着"傻子"，像一群歇斯底里的疯子。

写到这里，我开始想，这些蜷缩在生活边缘的家伙，难道只能凭着滑稽和可笑而被人记住吗？

一个模糊的笑脸没来由地浮现在我的脑海里，他是我的高中同学一鸣，名字大概是一鸣惊人的寓意，可是因为成绩长期稳定在班上倒数前三，大家更喜欢叫他二鸣。

高一军训休息的时候，教官让我们唱歌。一鸣自告奋勇地走到队伍前面，对大家说："我们唱个《团结就是力量》吧！"大家都在自顾自地说话，没有人理他。一鸣指挥的双手吊诡而尴尬地悬在空中，操场上回荡着他那句单薄的"团结就是力量"。

这歌就像是一语成谶的嘲弄，为一鸣的高中生活定下了基调。

一鸣穿校服的时候喜欢把拉链拉到最高，走路风风火火的，臂弯里总夹着几本书，像个基层干部。他学习没有什么天赋，但又十分喜欢问问题，所以常常看到有人一边拿着书重重地敲一鸣的脑袋一边骂："你怎么这么蠢？"每当这个时候，一鸣总是委顿得像个泄了气的皮球。

一鸣还喜欢买书，也喜欢给别人推荐书。但他自己看的书并不多，买的很多书并没有翻上两页。坐他后桌的时候，我常常故意逗弄他，问他在看什么好书。

一鸣总会很耐心地给我介绍这本书有多好，但他说不了很多，因为豆瓣上的书籍简介并不很长。我总会在这个时候戳穿他，引得四周同学一齐笑出声来，我也很为这样的手段得意。那时候一鸣涨红的脸颊，像极了孔乙己的。

这样的一个人自然不会讨人喜欢，平时也少有人一起玩耍。甚至在照毕业照的时候我们怎么也想不起少了他。只在我们百无聊赖时才会想到他，并捉他来取笑逗乐。找不到书本，上课被纸团砸，都是一鸣时常遇到的。他也只是尴尬地陪我们一同笑着，并不生气。

就这么一个存在感几乎为零的人，在高考前布置完考场后，突然莫名其妙地对一个取笑了他三年的我，咧开嘴笑着说："考试加油。"

这是一鸣对我说的最后一句话，也是我唯一记得的一句话。高考完后的班级聚会他也没有参加，听说是没有考好。我在喝光一瓶又一瓶酒的时候，恍惚地想到一鸣的那句"考试加油"，好像用力打出的一拳却砸在了棉花上，没来由地失落。

其实，和 Jame 谈到这个选题的时候，他建议我多写些细节。可是最后，我连一鸣再多的一句台词都想不到了。我只能记得那句"考试加油"和那个龇牙咧嘴的笑脸。

动笔之前，和一些同学聊到边缘人的话题，有个同学说，当我们把这种事当作习惯，可能就会忘了真正发生了什么。

我记得加缪在《鼠疫》里曾这样写道："最无可救药的邪恶是这样的一种愚昧无知：自认为什么都知道，于是乎就认为有权杀人。"

无论是小胖子、一鸣还是我想象中的 Bang，从故事的开始他们就站立在角落里，无声无息，像极了卓别林的无声电影，滑稽而悲伤。随着年岁的增长、记忆宫殿的坍塌，他们将是第一批被永远埋葬、永远遗忘的人，就好像不曾在我们的人生里出场过。

时间成了我们的帮凶。

准备交稿的时候，朋友给我发来了 Bang 朋友圈的截图，最近的一条已经是去年寒假了，Bang 站在北京西站的大门口自拍留念，上面写着"热烈欢迎帝都游吟诗人赵二狗回乡"。

没有点赞，没有评论，阳光猛烈，万物显形。

风云情侣的下场

一

WhatYouNeed 编辑部

有一次采编会，因为很快要期末考试了，我们面面相觑而又无话可说。我拿出一瓶酒、六个酒杯，放在台上说："不开了，聊八卦。"

我倒了一杯伏特加，喝了一口，就想起了一个场景：初中的时候，级里有一对著名的情侣，是两个女生。连续好几周，她们每天晚上下自习，都会在学校最大的那棵榕树下接吻。

然而，榕树旁边，其实就是人流量最大的校道。偶尔走过，我都会拍拍朋友的肩膀说："哎，你看，她们好像又准备开始了。"

直到毕业，我还是没能认识她们两个。只是，现在回头想，她们除了给我们每天的回家路增添了一份谈资，大概也是想告诉我：

"我们做了你想做但是不敢做的事情。"

校草和小胖的故事

来自老汤姆

中学的时候，我们理科班有个帅哥，号称"M一中神龙校草"。

他本人大概也默认了这个称号，因为他每次经过任何反光物的时候，都会斜眼看着玻璃中帅气的自己，自信地甩一下长长的刘海儿。我也对他的刘海儿长度感到惊奇，他走路难道不会扑街吗？

但我做梦也没有想到，他和他们班胖胖的物理课代表在一起了。

校草有个前女友，是17班的班花。那女子是真的漂亮，他们俩是若分若离，藕断丝连。

我们这帮"爆米花"观众，也时常能看到那婀娜多姿的"17班班花"来找"校草"，好像严肃地谈着事情。可一般不到一会儿，就能看到班花愤怒扭头，甩开她长长的辫子绝尘而去。而校草背靠着走廊的栏杆，一脸不屑。

我和好Gay蜜阿彪，一边啃着手中的瓜子，一边小声讨论："哎哎，她那么漂亮，校草都不要她哟，不要的话，送我啊！"

"谁他妈的看得上你啊，只有我才配得上。"我一把瓜子甩他脸上，喊了一声"滚"后大笑着跑开。

在生活里，总能看到胖嘟嘟的物理课代表抱着很多试卷跑上去找校草先生，让他帮忙发给同学们。他通常美滋滋地接过去，然后一边在讲台上打情骂俏，一边把试卷分给各小组长。

"啧啧啧，真爱。"人群里有人感叹。

我们的学校每天下午的第四节课都是集体跑步课。那天下雨，不用跑步，大部分同学都回家了，我和一些朋友留下来自习。一般老师也会提早回家，可偏偏那一天，我们的班主任没有走。

他来巡班，背着手在桌子间的过道上，用屁股蹭着我们叠得高高的书走过，顺手没收几本《故事会》和《Vista看天下》。接着，大事就发生了。

班主任发现，我们教室的杂物间发出了"砰砰""咦咦"的奇怪声音，而班草和物理课代表都不在座位上。他迅速跑了过去，我们被班主任矫健的身姿吸引住了，都望向那边。

班主任想要开那杂物间的门，却怎么也开不了。然后他使劲地敲，敲了几声之后，门才缓缓打开，是他们俩。

"到我办公室去。"班主任扔下这句话就离开了教室。

过了一会儿就下课了，回家的路上，我们都在讨论校草和小胖的事情。吃完饭回来自修时，他们俩还在办公室里，面对滔滔不绝的班主任，他们一脸茫然。

因为班主任"当场捉奸"，他们在学校名声大噪，家长也吵到了学校里。他们在老师和家长的面前哭得梨花带雨，然后义正词严地表态："绝对不影响成绩，绝对不分手。"

接着，他们俩的成绩竟然噌噌噌地往上飙。

过了些日子，风声没有那么紧了，他们俩又在课间欢乐地厮打，一起快乐地分发试卷，所有人都觉得他们是典范，成绩棒且感情好。

最后，高考还是给了他们一巴掌。男孩考得很烂，女孩考得一级棒，然后他们去了不同层次的学校、不同省份的城市，接着是各寻新欢，欢笑前行。

傻大个儿的逆袭

匿名

高中那会儿，有个男生朋友高高瘦瘦，或许就是大家常说的傻大个儿。他学习勉强跟得上，但是篮球技能一流。运动会时，跳高项目根本就是他的主场。

高二时，可能开窍了，也可能真的是遇到真爱，开始疯狂地喜欢一个女生，那女生算是公认的级花之一。经历了类似《朝五晚九》山下智久般的追妹攻势，加之长相也不错，那个女生终于答应了。

然而俩人之间也是曲曲折折的，归结一句，就是那个女生不怎么看得上他。大一结束时，她还是离开，和别人在一起了。这个男生说："我还能遇到这么喜欢的人吗？"

我悄悄去翻了那个女生新男朋友的照片，发现他颜值高、有钱，便没有再替朋友打抱不平了。

然而，我这个学播本的男生朋友某一天在朋友圈再次出现时，已经是健康肤色、六块腹肌、有着诱人的人鱼线型男，五官更立体好看了。

记得减肥那阵，去请教他，只换来他随意的一句："我已经两年没吃过肉了。"也许，在他消失沉静的那段时间，经历了无法言传的挣扎。

如今他开着自己的店铺，做着自己喜爱的模特工作，出入各种高级盛典，在他的朋友圈也见识了不少明星的真实面貌，身边好兄弟常在，不缺美女。

只是每次在朋友圈晒的女友，我看一眼就知道，这不是他喜欢的姑娘。

最 后

采编会的那晚，我们在酒熏之下用一个晚上的时间讲了各种八卦。

那些有名的情侣里，他们有的依然厮守，有的却各奔前程。薏仁君问我："到底为什么要写他们？很多都分了啊。"

我说，我也不知道为什么，大概因为那是我们永远都讲不厌的青春。

突然想起《匆匆那年》的那句：

"男人在发誓的时候都是真的觉得，自己一定不会违背承诺；而在反悔的时候也都是真的觉得，自己不能做到。所以不要太过于执着这种没办法衡量坚贞与对错的东西，它的存在只能证明，在说出来的那一刻彼此曾经真诚过。"

03

避　　　　风　　　　港

不管怎样，

这就是

20岁的我们

我在每一个艰难的时刻，都会想起你

Ninety

在什么样的时刻，你最容易想起恋人或者前任？

对我来说，是在拖着大行李箱走在凹凸不平的人行道上时。男设计师Pisces（过儿）听我说完后笑了："那种时候我都想要个男朋友帮我拎，太累了。"

其实不只是拖着沉重行李箱的时候，生活中，每一个艰难的时刻，我都会想起那么一个人。稀松平常的生活，没有太多困苦的事情，但是要说艰难时刻，那种窘迫、不知所措、心猛然一沉的时刻，常常出现。

不知道被我想起的那个人，在拖行李的时候脑海中想起的是谁。

老莫告诉我，虽然上一段恋情过去了很久，但是在所有艰难的时刻想起的，还是前任。

听老莫这么说，我很诧异。因为我们都认为她早就放下了上一段恋情，她向来是那种又酷又洒脱的女孩。"我装的，不装作释怀，我又能伤心给谁看呢？"她那时喝多了，要打电话给前任，谁也拦不住。

其实前任的电话早就被她从联系人中删除了。但是喝得那么醉的时候，她还是能迅速背出那个熟悉的号码，拨过去。

电话打了很久，没有谈什么情情爱爱、你对我错，老莫只是絮絮叨叨地讲着生活的近况，获得了哪一家大公司的实习机会，和室友们发生了新摩擦，最近受了什么委屈……

好的坏的，事无巨细全部讲了出来。电话那头似乎也听得很认真，时不时插句话，让老莫哭哭笑笑。

我们其他几个人面面相觑，我们也都算是老莫的好朋友了，但是这些生活的小摩擦、"小确幸"，老莫从来不会和我们说。直到见识那通电话，我们才知道，原来老莫也有这样敏感多愁的一面。

老莫继续喝酒，但似乎清醒了一点。"我啊，遇到所有好事烂事，第一个想到的人，就是他。"她说，前任压力大的时候也会打电话给她，男孩同样不喜欢对外表现出软弱，所以很多事情只能和她说。

他们恋爱的时候都太过依赖对方，导致分手很长一段时间以后，仍然无法独立前行，怀念着对方的相伴和支持。

拖不动行李的时候想起你，一个人在图书馆自习的时候想起你，大雨滂沱打不到车的时候想起你，受委屈了想起你，压力大了想起你，每一个孤独、无助、艰难的时刻，我都会想起你。这大概就是，恋爱后遗症。

"TEDx"有个演讲很有趣，讲如何维持一段长久的恋爱关系，却请了一个离过三次婚的单身女人来讲。

主讲人说，这三次失败的婚姻经历让她明白，婚姻、恋爱能够长久只有一个办法，就是和自己谈恋爱、和自己结婚。

永远不要去过度依赖某一个人，最好的恋爱状态就是和自己恋爱，虽然我们有恋人、有爱人，但是始终要明白，我们能依靠的只有自己。学会独立，就是让恋爱长久的秘诀。

相互依赖很甜蜜，但是我们总有一天要自己走。

事实上，老莫最近已经开始试着不去联系前任了。虽然在艰难的时刻，她还是会第一时间想起他。

我最近写了一个关于小城市的片段，拿给她看：

"在那些不大的城市里，同样时髦的事还有去麦当劳。有时和朋友约见面，直接说'麦当劳见就好了'，不用像在大城市那样解释是哪一家。也因为只有这一家，许多恋人都常约在那里碰面。

"在这个小小的市中心里，非常、非常容易遇见旧情人，暗恋过、相恋过、互相伤害过的人，一不小心迎面遇上，有人戴起帽子迅速离开，有人僵硬地、装作自然地说一句'好久不见'。陈奕迅唱的事，大概在小城市才会常常发生吧。

"现在城市那么大，人来人往，再也不能轻易地遇见了。相反，若是下定决心和某个人老死不相往来，大都市都能立刻答应你。这大概是一座适合迅速地聚合与分离、长久的、独立的城市。"

分开之后的很长一段时间，老莫都期待，在那些艰难的时刻，前任能够像个超人一样，恰好出现："我想象过很多次重逢的场景，但是这座城市实在太大了……"

这篇文章最终没有发出来，编辑们始终觉得哪里有问题，我精疲力竭地改了一遍又一遍，但问题仍在，于是我就这样第一次被毙稿了。丸尾安慰我说，他都被毙了无数篇稿子了，被毙稿，没什么大不了。

可是我仍然失落了一整晚。一次次为一个说不清的问题努力修改稿件的时候，我也会像老莫一样，暗暗想着，要是有那么一个人来告诉我问题所在，帮我修改就好了。

事实上，在每一个选择的路口、迷茫的时刻，在做每一件艰难的事情的时候，我都会期待，要是有个智者高人可以告诉我应该如何抉择，可以为我指一个方向，帮我完成这件事就好了。但是没有，想象中指点迷津的高人一次也没有出现过。

回想起来，艰难的时刻来临时，我总是手忙脚乱地面对所有糟糕的情况，莽莽撞撞地做完不知道对错的选择，最终结果当然有好有坏，遗憾满满——"早知道当时那样选就好了"。但回头看看这些歪歪扭扭的人生练习，还挺自豪的，就像小时候做完了一本厚厚的习题册，屁颠屁颠地跑去拿给妈妈看："妈妈，你看，这些都是我自己做的哟！"

算命的看一看面相，总说："今年命中遇贵人。"人们一听就高高兴兴地付了钱，觉得一整年都会顺顺利利。其实算命先生最懂人心，知道每个人都会期待助自己一臂之力的"贵人"出现。

大部分人都是如此。在每一个艰难的时刻，并非自己跨不过去，只是在那个犹豫、窘迫的当下，都会忍不住地想起那么一个人。这个人可能是异地的恋人、分开的前任，可能是亲密的朋友、坚强温柔的母亲，也可能是我们想象中的一个智者。

在每一个艰难的时刻，我都会想起你，我知道你不会立刻出现在我身旁，所以我学着镇静、独立地去面对这些时刻。直到某一天，我成为别人会想起的那个人。

有时，最大的阻挠来自最亲的人

一

老汤姆

新年的时候，和朋友紫熙聊起了以后要去哪里工作。

她说："别提了，寒假在家，永远不知道我妈会在哪一刻开启那个永恒的话题：'你说你要是回南京老家找个国企的工作多好，一个女孩子，唉，安稳最重要，知道啊？你说要去外地干吗？谁来照顾你啊？你现在待的那个什么外企，到时候要是外派，等我跟你爸七老八十了，我们就孤苦伶仃地住在空荡荡的房子里，也没有人管我们。'每当此刻，我就发自内心地头疼。"

我调侃着说："南京多好啊，大城市。"

"可是，我已经在这个城市待了二十三年。"

我们的父母，大多是"婴儿潮"时期出生的，经历过饥荒、战乱和改革的考验。在他们的经验里，温饱和稳定，是最大的幸福。

而我们不一样，一出生就享受着他们打拼出来的一切，大多数人从来就不知道吃苦的真正滋味，所以，"折腾"是我们寻找幸福的途径之一。

你试试？你走了就别回来了

说到这个话题，我想起了一个大学时读计算机的表叔。

一次新年回家，他告诉家人："舍友的父亲要给我们200万到日本创业，我想做一个网站。"在十多年前，200万是超级巨额的一笔钱，网站是张朝阳和李彦宏那种人才能做的大事业。

年轻的表叔话都还没有说完，他年迈的父亲就发起飙来："你说什么？！去日本？创业？"

他中气不足地"嗯"了一声。

"你走啊，你试试？你走了就别回来了。你去日本，那么远，你让我们两个老东西怎么办，家里的田地怎么办？你是想让我们两个死在家里吗？爸爸妈妈把你养这么大，就不懂得回报吗？"

"我又不是不回来了，去试一两年而已。"

"你还敢顶嘴！你说说看，两百万那么多钱，我们耕一辈子田都赚不了那么多，凭什么给你们两个还没毕业的大学生？天上掉馅饼吗？舍友的老爸？我看是把你骗去日本，还不知道要骗多少钱！"

后来，吵吵闹闹了半年，他没有像电视剧里那些充满梦想的主角那样为了理想离家出走，而是选择了屈服。

在一个小官员亲戚的帮助下，他去了县里一个职业技术学院当代计算机课的老师。由于没有教师资格证，他一直不能转正，工资也很低。

做了几年老师后，他的计算机技术已经完全跟不上以前大学同学的水平，想要再做什么编程类的工作，已经没有可能了。

在另一个亲戚的帮助下，他去了农村信用社当了一个银行柜员，也在父母的介绍下认识了村里的一个小学老师，最近大概开始谈婚论嫁了吧。

最近几年寒假回家，我再也没有见过他，但是总能在他的父母到家里拜年时听到他的近况。

"听说当年你表叔的同学在日本创业的成果还不错，都已经回国定居了，在广州那边买了好几套房子。早知如此，当初就不阻挠他了。"

可是，千金难买早知道。这都是当初你们以性命相逼表叔才做出的选择啊，我心里想。

你可以去试一年，不行的话，就给我乖乖上班去

我有个同乡的师妹，叫小思。

他们家是那种蛮传统的家庭，父亲在外打拼，母亲在家里做全职太太，哥哥在单位当公务员，她在大学里无忧无虑。

可是从去年开始，她的哥哥就开始吵着闹着要做生意，想和朋友一起开个果园，种香蕉和荔枝。

辞掉了公务员的工作后，他向父母要一笔启动资金，父母怎样都不肯给。

"你就好好地给我去上班不好吗？安安稳稳地，以后娶个媳妇，一家人其乐融融，为什么一定要去干这干那呢？"一家人快要吵得不可开交。

晚上睡觉时，小思跑去和妈妈一起睡，她和妈妈说："就让哥哥试试吧，和他谈好一次性给多少金额还有创业的时间，让他闯一次。不然，以后家里不富裕，他会怨恨你当初不给他机会。要是成功了，那当然是最好，如果不成功，就当买个教训，他以后会知道自己不是那块料，就安安心心地回单位上班了。"

小思妈妈觉得有些道理，第二天答应了哥哥的请求。

"从哥哥开始创业到现在，快要过去一年了，钱好像花掉了不少，但是收入还没有很多。他每天忙里忙外的，倒也乐呵。

"爸爸也没有那么绷着神经了，开始教他一些为人处世的大道理，好让他在生意场上用得上，不过我哥好像不怎么喜欢听老爸说这些。"小思告诉我。

我也不知道以后他们家会怎么样，她的哥哥到底会选择坚持创业还是按父母说的那样乖乖去上班。

但至少他的父母尊重过他的想法，他能尝试着走自己要走的路。

幸亏你很有主见，爸爸很欣慰

"什么？你要做手机软件？不行！"

和我住同一个大院的师兄，也是读计算机专业。毕业后，他嚷嚷着要做一个手机APP——视频教学类的。他的爸爸是一个中学的校长，和我老爸是初中同班同学。

"我看啊，你就给我去考公务员，爸爸有些人脉，我那些朋友和你也能互相有个照应。"在一次我们两家人吃饭的饭桌上，他的爸爸对他这样说。

我老爸也积极迎合着："对啊，当公务员好，稳定，福利好。"

"我都给你安排好了，先去英国读一年金融工程，回来之后我帮你安排进××银行，有海外经历以后升职也快，到时候娶个老婆，我退休后还能帮你带带孩子、买买菜。"

师兄在一旁默默地听，似乎什么也没有听进去。

几年没有联系后，师兄知道我去了他所在的城市读大学，便打电话邀请我去他的公司玩，说要请我吃大餐。

原来，他大学时参加了一个创业大赛，政府给了资金支持，他成功办起了那个手机 APP 创业公司，现在手下的员工有两百多号人，收入也很不错。

新年回家，我蹬上自行车出去打球，一辆深蓝色的卡宴停在我家楼下的过道上。师兄从后备箱里提出两只鸡，转身向我点头打招呼，大方地告诉我，旁边那位是他漂亮的女朋友。

过了些天，我们两家人按照惯例一起吃新年大餐，他举着酒杯和退休的老爸互相祝福。一杯红酒干了之后，他搂着他父亲的肩说："老爸，儿子争气吗？幸亏当年没有听你的！"

"是啊是啊，幸亏你很有主见，爸爸很欣慰。是爸爸老了，跟不上时代了。"

老校长面红耳赤地放下酒杯，坐下，自豪地目送儿子回到他自己的座位上。

…………

其实我们都知道要陪伴父母，要回报家庭。

只是，当一些"可能性"出现在我们面前的时候，我们会想要去尝试一下，可能这些机会藏在离家稍远的地方。

我们试过了之后，无论成败，都一定会回归家庭。

稳定安生的日子，谁都想拥有。只不过对于一些人来说，现在好像还不是时候。拼过了几年后，有的是时间让我们散步、晨练、跳广场舞。

已经听过太多失败的故事，但我还是想趁年轻的时候，趁父母还健康，尝试一下走自己选择的路，因为我不想在四十多岁的时候才觉得自己不该这样活着。

既然二十多年来你们都一直站在我的身边支持我，那你们就再支持多这一次吧。

写到这里，突然想起阿哩的一句话，大致意思好像是——"好好活一次，因为以后要死很久很久。"

现在，父母对我们变得小心翼翼了

Frank

我六岁那年，我妈送我上学。

9月天高人浮躁，我妈拉着不情愿的我穿过一条条街巷往学校走。阳光很亮，路边桂花树的影子若有若无地映着妈妈的脸忽明忽暗。

出门前，我妈帮我装上学要带的东西，我在旁边扯着我妈的衣角头也不敢抬地问："我可不可以把漫画书带去？""那果冻行不行？""大白兔也不能带吗？"

我妈忙着把文具、课本一样样放进我的小书包里："不行。""不能带，上学又不是出去玩。""快把鞋穿好，再不走要迟到了。"我噘着嘴，不敢再说话了。

到了校门口，我妈把我交给班主任就急匆匆地去上班了。虽然我妈刚刚交代过我，作为男孩子，上小学不能再随便哭鼻子了。可是忍了一路的我，看着越走越远的妈妈，身边的同学、老师一个也不认识，还是在校门口委屈地放声大哭了起来。

我想我妈大概听到了我的哭声，尽管我哭得视线模糊，还是看到我妈像凭空被什么东西绊住，停了片刻。我一直等我妈回头安慰我，等她把我带回家，不上学了。我等啊等啊，等到路边的桂花谢了又开，我妈还是消失在路的尽头，而我也不再是小孩子了。

二十岁这年，草草挥霍完二十八天的寒假，我妈送我去火车站坐车返校。

还记得临行前，我在房间收拾行李。我妈时不时从门缝里探头进来："带点面包路上吃怎么样？""家里茶叶没人喝，你带去好不好？""你去了广州又不爱买水果吃，家里水果带点去吧。"

我妈以两分钟一次的频率打断我收拾东西的思路，乐此不疲。我的回答也终于从"不要""装不下""那边买得到"升级到"行了行了，烦不烦啊"。

我妈一边嘟嘟囔囔的一边悻悻地把房门掩上，退了出去，像个做错事的小孩子。我长长地舒了一口气，享受着一个人的清净和自在。

第二天，我拖着箱子朝火车站快步走着，我妈要迈开大步才能勉强跟上我。一路上她都在唠叨着"车上注意钱包""到了给家里打个电话"之类的话，而我哼着小曲自得其乐。

检票的时候，我排在长而嘈杂的队伍里一步步往前挪着。我妈在队伍旁边看着我，难得地沉默不语。

我在检票口停留片刻，检完票，闪身进去。后面急着检票的人马上拥上来。我走了两步好像想起了什么，回头看时，我妈小小的身影已经淹没在身后的一片吵闹喧腾里了。

在车上和同行的朋友闲聊，她同我抱怨道："本来就几件衣服的，我妈非要我把一箱牛奶和一袋子苹果装到行李箱里，麻烦死了。"

我听着她的话，想起前一天晚上我妈拿着一样又一样的吃食站在门口低声下气地问我要不要带去学校，想起一路上我妈小声的事无巨细的嘱咐，怅然若失。

也许对于父母来说，我们就像吉卜赛人展示给马孔多镇居民的冰块，晶莹剔透，近乎完美，反射出未来和希望的光，当然，也随着时光流逝而日渐冰凉。

不知道从什么时候开始，面对一天天长大的我们，父母变得唯唯诺诺、小心翼翼，担心打扰我们的生活，害怕惹我们厌烦。

他们在远方不声不响地学着用微信，偷看着我能让他们看到的寥寥几条消息。他们尽力地接近我的生活，推测我的悲欢，就像十几年前的我拉着爸妈的衣角好奇地观望大人们的世界一样。

考上大学之前，我爸对我一直很严厉，我很怕他。忘了在哪里看到的："父子是上辈子的仇寇。"

在漫长的成长里，我对我爸抱有恨意。我爸工作很忙，长年出差。小时候最久的一次，他去了新疆整整一年。过年回家的时候，我妈说："爸爸回来了，快叫爸爸啊。"我长久地盯着他，沉默不语，像盯着一个匆匆而来、匆匆而去的羁旅客。

上了大学以后，我和我爸之间的关系好了很多。但也许是童年长久疏隔的缘故，我们之间总显得若即若离。

大一期末的时候，我爸打电话给我，提醒我别忘了买回家的火车票。当时我正在上课，我爸锲而不舍地连打了四次。我只能跑出教室接电话，还记得当时我没好气地说："不知道我要上课啊，打个没完了。"

我就像教训一个小孩子一样教训着他，那一瞬间忘了他是我曾经最惧怕的爸爸。我爸在电话那头尴尬而委屈，连声说着："不好意思啊，爸爸没想到你在上课，你忙吧，你忙吧。"

我还没有开口问我爸到底有什么事，我爸就匆匆地挂了电话。就像他多年前深夜出差匆匆离家，偷偷跑进房间小心翼翼地亲了亲我的脸颊，睡梦里我被硬硬的胡楂刺得痒痒的。

后来我爸不再打电话，改发微信了。对于他在微信里的问候和关切，我闲得无聊的时候会回复两条，更多的时候我忙着生活中的琐碎事而忘却了。

有一天，我妈在微信上找我说："你爸有时候在微信上找你，你有时间就回复一下吧，你不回复，他一天到晚把微信刷来刷去，还老跟我说是不是信号不好。"

今年寒假回家，我爸让我帮他在手机上装一个APP。我滑开他的手机，桌面是我的照片。想着我爸在黑夜里盯着自己的手机，把微信一遍遍打开又关上，屏幕莹莹的光照着他不再年轻的脸和些许白发，我沉默良久。

大概很多人和我一样，寒暑假一回家就忙着和一批又一批的朋友推杯换盏，每天睁开眼出门，夜深人静才回家。时间长了，我妈就跟我抱怨："一天到晚不落屋，哪有这么多玩的。"

我大多只是敷衍几句就迫不及待地推门出去了。偶尔有几天在家没有人约，我妈小心地推开我的房门说："我们家好久没一起看电影了，最近有没有什么电影，我们一起去看吧。"

我靠在床上玩手机，头也不抬地说："没什么电影好看的。"我妈只能无奈地关门出去了。其实，我早就看完了那些电影。我妈一个寒假问了我两三次最近有什么电影，我的回答不是"没时间"就是"不想出门"，我妈也就不问了。

有一天晚上，我到家已经晚上十一点多了。以前这个点，我爸妈应该已经早早睡下了。结果那天我推门进去，家里灯火通明。我爸和我妈裹着厚厚的衣服依偎在沙发上，目不转睛地看我前几天用电视上的播放器放了几集的《琅琊榜》。

我妈看我回来了，说："快过来看，这个好好看。"我顺从地坐了过去，一动不动地和他们看了两个小时的《琅琊榜》。看到谢玉终于被梅长苏扳倒了，我妈心满意足地拿起茶几上的手机，故作惊讶地说："啊，怎么都一点了，快去睡觉，快去睡觉，年轻人少熬夜。"

我窝在被子里，等着黑漆漆的倦意上来。眼睛快睁不开的时候，我想起了七岁时那个早上阳光穿过层层叠叠的桂花打在脸上的温暖。

每个不想回家的人，都有自己的原因

—

WhatYouNeed 编辑部

我挺想回家的，现在想想，好像已经半年没有回去了。

大一学期末时，我记得室友因为第二天要回家，在前一晚兴奋得整夜没睡。他也许是有些过度恋家了，但我想，刚上大学那会儿，大概每个离家远的都会想家吧，我也不例外。

有个很著名的句子，写的是去外地读大学后："从此故乡只有冬夏，再无春秋。"大一刚读到这句话时怅然若失。

然而，慢慢地，我发现，由于只在寒假和暑假回去，在故乡待的时间很短，这座城市已经变得陌生了。以前熟悉的老地方一个个被拆，充满回忆的小饭馆也被改建成了著名连锁餐饮店。

有一次，大雪，打不到车，我准备坐公交车回去。这个地方我太熟悉了，可以背出这一辆公交车开往哪里、那一辆又间隔多久才会来。然而那天我在雪中等了很久，记忆中的那辆公交车依然没有来。

后来，我问了路人才知道，原来那辆车早已改了路线。那一刻，我突然发现自己在这座城市早已变成了游客。

我发现，大学毕业了，我也不再那么想回家了。

今天，我采访了一些不想回家的人，问了问他们不想回家的理由。

家对我来说，并没有那么温馨

假期不想回家，其实是因为一些鸡毛蒜皮的事情。

我回家的第一天，已经很晚了，打开家门，我发现父母都在看电视。看样子，又是没有留饭给我了。

长途奔波之后，发现家里面没有留给我的饭菜也是挺崩溃的。大概我和家人的关系真的不怎么好吧。我和弟弟也总是莫名其妙地吵架。

每年回到家里，我都要承包许多家务。在家朋友少，我也不能出去玩，所以，只能每天闷在老家的房子里。

到了过年的时候，我还要面对那个令人生厌的传统家庭大聚会。在聚会上，家里的90后和60后们，非得在要求下交流三观。但因为阅历的差别，又无法真正做到平心静气地互相交流，每次闹到凌晨三四点，最后发现谁也没办法理解谁。

拥挤的交通和人流，走访一年才见一次的亲戚，还有因为不熟悉，只能拿童年糗事强硬拉距离的不适感的老朋友，这些事情，没有一样让我想回家。

只是他们太期待

其实吧,我宿舍到家门口,可能只需要两个多小时。即便如此,去年一整年,我在家里待的时间也没有超过一个月。

我也会有想家的时候,但我真的挺害怕面对家人的,他们的目光总是殷切得令人感觉沉重。

我的爸妈,一直因为自己学历不好看,所以从小就对我的学业抓得很紧。

我记得,小学唯一一次在学校哭了,不是因为打架、吵架,而是因为老师批评我数学"只考了 90 分"。我不敢告诉爸妈,因为只要有一门功课考不好,他们都会身体力行地用藤条教育我。

这在一定程度上也导致了我从某一年开始"中"了一个逢大考必失眠的"魔咒"。

反倒是上了高中,他们就对我开始放养了,把他们对我的所有期盼放在一份小心翼翼却令我无所适从的体谅中。

我在一所不错的高中,成绩一直卡在中上的瓶颈。他们虽然着急,但从来都是对我说:"别太紧张,读书这回事,有就是有,没有就是没有。"于是,只要在家,我哪怕压根儿看不下书,也会坐在书桌前发呆。

后来高考填志愿的时候,亲戚们都说我选的专业不好,他们也完全尊重我自己的选择。我妈只是说,他们会养我。

他们的确很拼命地工作赚钱养家,也很舍得花钱在我身上,但却对自己异常地吝啬。这次回家,我和我姐对我妈好说歹说让她去看看医生,她却异常固执地说:"我没问题。去医院,没病都能看出一身病。"

现实里的我,知道自己并没有那么优秀,根本达不到他们他们期盼的那样。甚至现在我还很怕接父母的电话,因为我没像他们期盼的那样做个安分的好学生,花钱大手大脚，而且浑浑噩噩，没有规划。

只要不在家，我就不用面对他们了。活在一座没有他们的城市，大概会缓解一些罪恶感吧，也能睡得更好一点。

你知道吗，我永远不会和女生结婚

我离开故乡到北京城工作，一座充满了奇迹与梦想的城市。

在这座很大很大的城市里，我工作挺忙的，朋友也挺多。各种生活光怪陆离又五彩斑斓，融合得意外和谐。

只是年关将近，在与母亲的电话中，总能听出她的不安与脆弱，从"家里的狗狗又不听话了，你都不回来管管它……"到"新房马上装修好了，你爸爸特别开心，每天都去看，叨念着这样等你回来结婚就马上有房子住了……"。

每次面对这样一个从小倾尽所有的爱与温情让你长大的女人的脆弱，我都会不知所措。

性取向在这个时代大概已见怪不怪了吧，但在一个人与人都有一个共同认识的朋友的小地方，我又要如何忍受其他人用本该我承受的不堪入耳的字眼来形容从小将我捧在手心的父母。

我和家人的感情真的很好，只是，目前对回家这件事，我却只能逃避。我不敢回家，也知道自己不能回家，因为无法面对他们的目光。

我就是不想回家

我没有和家人闹矛盾，跟家里人关系也不差，只是家里再也不是那个让我舒服的地方。

高考的时候，父母离了一次婚。我尊重他们的决定，但是从此对做错事的一方态度冷漠。然而，另一方的亲戚因为我不劝他们继续在一起，而责怪我不孝。

现在这件事说出来已经云淡风轻了，但是那时这种感觉就像众叛亲离。高三的整个暑假，我都住在朋友家里，父母只顾着他们自己的情绪，没有关心过我。妹妹生病，也是我带她去看病。

读了大学，我选择了一个人来广州上学。大一寒假回去，我也没有在家，因为没有人在家。这就跟谈恋爱一样，我的热情都消磨光了。即使后来他们复合了，开始对我很关心，我也早已养成独立的心性。

今天早上，我被家里人的四五个电话吵醒，他们提醒我，是时候回家了。但是我到现在还是没有回去的打算，也觉得完全没有必要回去。

最后
关于我妈的一个故事

关于不想回家的故事，我妈其实从小就和我讲了一个。

有一天，我妈和我在看剧。看着屏幕上的明星，她的眼圈就红了。"其实，我挺恨你外婆的。"她开始自顾自地说话。

我妈以前在外省的文艺学校念大学，那时，她在学校很受欢迎。考试的时候，老师也会帮她作弊，她也总能得到学校最好的机会。她是舞蹈班的成员，全班也就她和另外一个男生有机会进入学校的大提琴班。

　　毕业那年，我妈开始想去大城市发展，却被外婆威胁："你走了，我和你爸怎么办，你想抛弃我们吗？！"在家人的再三威逼下，她不情愿地回到了小城市，成了一家医院的员工。

　　时间过得很快，二十多年过去了，她还是时常在房间拿起以前文艺班的照片看来看去，然后照着镜子说自己真的老了。

　　前几天她打电话给我说了一句话："妈知道你在广州打拼得挺辛苦的，累了就回家吧。但妈不会逼你回这座小城市的……"

　　采访完那些不想回家的人，我其实知道自己并不能帮上什么忙，只能在采访完后说一句："下次我们一起吃饭吧。"

　　不想回家的人，都有自己必须要面对的属于家庭的那些尴尬和痛苦。

　　现在回想起我妈的故事，我也大概明白了，为什么别的同学会面临被父母逼着回家的情景，而我不会，因为我妈已经经历过同样的痛苦。

他们不舍得吃哈根达斯，也不知道星巴克是卖咖啡的

紫菜姑娘

这周不是我来北京最开心的一周，初来乍到那会儿才是，因为人情冷暖不尽知。但是这周是我心事最多的一周，因为妈妈来了。

之前老妈来过北京的，名胜古迹也都去过。但作为在北京奔走了一个月的有为青年，我还是为老妈计划着特别的北京之行。

在机场等候时，看到全家便利店卖着包装精致的花，拿起一看，三枝100多，我又放下了。转过身，终于看到妈妈的身影。她左手拉杆箱，右手拎着比自己还要宽大的纸箱，里面满满都是家乡的小吃。

我没有想到，一句"我想吃凉皮"，她就会为我准备十几袋。

更没有想到，几天游玩印在心底的却是妈妈那么平常的几句。

我请你吃必胜客吧

这是一句妈妈拉我进必胜客前说的话。其实在此之前，我从未想过，有那么

多我们习以为常的事物对他们来说或许很奢侈。

走进必胜客后,我选了两人靠窗的位置,翻着菜单,嘴里嘟囔着:"学生证八折!"

妈妈并没有接我的话,只是打量着周围,笑眯眯地冲我说:"一看就知道吃了不少这样的垃圾食品,我这是第一次吃。"

耳朵听到这句话的那一刻,翻菜单的手僵住了。仔细想想,爸妈的日子似乎真的过得不怎么享受。

他们不舍得吃哈根达斯,不知道星巴克是卖咖啡的,没有吃过好吃的榴莲比萨,也没吃过麦当劳出的新品,尽管第二个半价。

但是他们总在电话那头问一句:"最近吃得好不好?"

很多时候我噼里啪啦地告诉他们我又吃了什么好吃的,把美味叙述得天花乱坠,他们会比我还开心地来一句:"瞧把你美的!"

突然想起来,我在广州的时候和好友猪仔琳到文明路沿街吃了个遍,来了北京也搜罗了一堆口碑饭馆,总想着还有很多美食要去吃,却从来没有想过我吃过的也许爸妈还闻所未闻。

他们成长的那个时代,身穿蓝布衫,吃着几分钱的玉米面馒头夹咸菜就很满足。迎着改革开放的春风,祖国发展了,人们奔小康了。只是好日子来了,我们也来了。

他们不享受,不舍得,因为只想把最好的留给我们。

那天,我点了一碗蛤蜊芝士汤,喝了一口后推到妈妈面前。妈妈尝了尝,又推给我。我原封不动又推过去,她又执着地推过来。

我俩推来推去,还是我喝完了。

这让我想起小时候,吃巧克力的是我,吃蛋糕的是我,吃大块肉的是我。

我忽然想问,天下的爸爸妈妈是不是都不爱吃肉,不吃甜食?

我和妈妈在电影院抹眼泪

印象中,在我五六岁时,妈妈的身体特别棒,有空就骑着自行车送我去学电子琴、打乒乓球。

在这必经之路上有一道大斜坡,有些男人带着孩子骑车都要在那里下车推着走。我妈不用,哼哧哼哧几下就骑到了坡顶。

每当那时我都特别骄傲地回头,瞅瞅被甩在身后的大人、小孩,心里得意地笑。

回想起老妈蹬着车蹬子的画面,我终于明白,如今的我昂首阔步,是因为小时候她那么卖力地带我前行。

后来几年不知道为什么,妈妈的身体不那么好了,在我六年级的时候,她住进了医院。我第一次去看她的那天,刚开完元旦联欢会,我激动地唱了首歌给她。

现在想想,妈妈那会儿心里一定很难受。

当我第一次明白她得的是种免疫系统的疾病,无法确诊也无法痊愈的时候,是在升入初中前。

我对我最好的朋友说,我必须积极乐观,就像向日葵,我要努力了。按如今的说法就是,热血而正能量地生活。

后来我的性格真的就转变了。那之前的我,真是个闷葫芦。

这次老妈买的是14号的回程票,也许就是为了看看《滚蛋吧!肿瘤君》。13号那天我们七点起床,冲到王府井赶最早的一场。

只是我们坐进电影院时已经演到熊顿的男友劈腿了。经过一路的奔波,刚坐下的我们一直在擦汗。看着看着,我们开始擦泪。

Jame骗人说熊顿战胜了病魔,我也一直这样告诉妈妈,只是到最后熊顿毫无防备地离开了。

我们也哭得更惨了。

人就是这样，突如其来的意料之外是最残忍的打击。

不一定非要得癌症才乐观。

我想像熊顿一样乐观，我想妈妈也要这样。

我们看完电影，铺天盖地都是天津爆炸的信息。吃着午饭的我，看着坐在对面触手可及的妈妈说："妈妈，这碗粥真好喝，不信你尝。"

我希望生病的人都能痊愈，灾难面前的人能扛过来，都是虚惊一场。只是生老病死不由人愿。

熊顿在意识到自己情况不妙后，并不是"肿瘤嘛，切掉啦"，而是沉重地说了句："我想回家。"躺在妈妈胸口交代着银行卡密码的她，说着有很多事情想做的她，只是都来不及的她。

最近多灾多难，闲下来的我会不自觉地想，如果没有明天，怎么办？我发现答案特别简单：让我回家吧。

妈妈，让我留在北京吧

妈妈知道我喜欢到处看看，心中有太多的想法蠢蠢欲动，她从不留我在她身边。说起以后，她和我爸也总说不用管他们，实在不行，他们可以去养老院。老两口口气一致，意味深长。

我不会让他们去养老院，但是我又有多少时间能陪在他们身边？

上大学后，家乡再无春秋。明年毕业，不愿回家的我，一年能有几天在年过半百的他们身旁。始终记得那句：

"世间所有的爱都是以聚合为目的，唯有一种爱是以分离为目的，那就是父母对孩子的爱。"

我们吵过架，赌过气，为互相的不理解而伤心过，但若是有选择，我们下辈子还要做一家人。

那天从电视台赶到车站送妈妈，听她交代了一大串。回到住的地方，水果摆在桌上，衣服整洁地叠在床上，拉开柜子，看到一个用快递箱做成的鞋架。

我拿起桌上的点心塞进嘴里，明白这是一份我难以回报的爱。

世界那么大，都想去看看。计划了那么多旅行，走过了大片好山好水，父母却辛勤于家乡。很多时候，我们只看得到远方未知的精彩，却并未发觉身后那两张日渐苍老、满是关切的脸庞。

天灾人祸前，感慨着生命，也无奈着无能为力。

还没认认真真说过感谢的我，想为他们多做一些事。

其实花父母的钱时，我也会内疚

老汤姆

前阵子，我和家人们吃饭。席间，大人们聊起了"啃老"这个词。

伯伯放下酒杯，重重地叹了一口气："为什么现在的年轻人一直在啃老，却一点也不害臊？"我和堂哥赶紧埋头喝汤，不敢喘粗气。

叔叔为了缓和气氛，拿起酒杯抿一口后感叹道："90后真是幸福的一代，没饿过肚子，又没有房贷，父母全都帮你们搞定了，哪有我们那时候那么艰苦，什么都靠自己。"

结果气氛没怎么缓和，反倒更尴尬了。

放寒假时，我和Carine去了趟东北，实现了南方"土鳖"想看雪的浪漫梦想。

为了这趟旅行，我厚着脸皮同时申请了几项奖学金，努力地多写几篇文章，想要在这次旅行里不向家里要钱。

即便这样，安排完来回机票、景点门票和酒店住宿后，钞票已经所剩无几了。我和Carine，最后还是不得不向家人要了不少钱。

旅行很开心，Carine 在哈尔滨的同学热情地招待了我们，我俩也如愿以偿地看到了林海和雪原。回到广州后，我和她就各自回家乡过年了。

过年时，Carine 在电话里说起了她和老妈的一次谈话："我妈今晚和我说：'家里要办一些事，比较紧张，不能给你那么多钱花了。以后如果你还想去旅游的话，要自己挣钱去。你一直在花家里的钱，都挣不回来。妈妈在你这个年纪的时候，出去玩都是自己挣钱去的，从来不花家里人的钱。'"

说着说着，我听得出她在电话的那头哽咽。但我不知该怎么安慰她，因为我自己也同样挥霍着家人给我的零花钱。

自己现在能赚到的，不及他们多年积累下来的皮毛。

我们的确都没有像伯伯说的那样"不害臊"，只是在这个尴尬的年纪和关口，我还需要多一些时间。

刚上大一的时候，我带了家里一台老旧的电脑去学校，电脑是老爸的单位以前配的。

可是电脑更新换代得太快了，我那台电脑不太跟得上潮流，开机都要花上三四分钟，想用 Photoshop 做点什么作品的时候，更是会直接蓝屏、死机。

终于有一天，在宿友的嘲笑下，我决心要买一台高配置的新电脑。

那天是老爸开车载我去电脑城的。路上，他还自豪地说电脑城里有个卖电脑的家伙是他以前曾经的学生，肯定能打折。

进了电脑城，在琳琅满目的品牌店中逛了一大圈后，我停在了心仪的那台电脑前。那是一部大屏幕的高配置电脑，几乎可以做到我那时候想在电脑上完成的一切事情。

老爸有些许近视。他从公文包里拿出眼镜戴上，半蹲着仔细查看电脑旁的那个配置介绍和价格牌。我站在后面，视线扫到了他花白的双鬓，突然，他转头对我说："这什么电脑啊，怎么要那么贵？"

老爸以前是中学老师，后来考到了公务员，奋斗后当了个不小的官，房子、车子和电脑都是单位配备好的。我一直以为，平日里总出没在各种奢靡的应酬场所的他很有钱，买台最好的电脑可以眼睛也不眨一下。

但似乎我错了，显然，我喜欢的这台电脑超出了他心目中的价值。我也突然觉得很内疚。父母们都只在追求"凑合"，而我却总想要得到最好的。

我说："爸，要不不买了吧，我先用着那台旧的。"老爸顿了顿，推了下他的眼镜，说："还是买吧，对你学习好的话还是要买。"

最后，在他学生的介绍下，我买了一台性价比比较高的电脑。

刷卡时，老爸开着玩笑和我说："嘿嘿，仔仔，这是我长这么大第一次自己掏钱买电脑，才知道这么贵。我只能给你买这样的了，你想要更好的，就要自己努力啦。"

我认真地点了点头。

上次老妈来广州看我，和她吃饭时，她盯着我的黑眼圈。

"在广州很累吗？"

"有点失眠，压力挺大的。"

"别太委屈自己，该花什么就花，要吃得好一点；要做什么就放开做，大不了我给你零花钱，反正都养了你二十多年，不差这几年。"

"哈哈，实在没钱花一定问你拿。"

聊了几句之后，她拿出了手机，开始在各个微信群里不亦乐乎地抢红包。抢到几个大分量的，她还不时向我炫耀，我埋头大口吃着碗里的肉。"什么时候开始，老妈比我还爱在吃饭的时候玩手机了？"我在心里默默地想着。

"你年轻的时候有压力吗？"我突然抬头问。

"刚毕业的时候压力当然大啊，买不起房子，和你爸租了个豆丁那么大的地方住，欠一屁股债的时候又生了你。光是奶粉，都要花大半个月工资了，那时候真想把你塞回去。"

"那后来你和老爸怎么买得起自己的房子？"

"你爷爷给了笔钱，家里建了房子，就是以前县城里那栋。"

"我觉得我现在长这么大，还要花家里那么多钱，挺内疚的。"

"有什么好内疚的，我现在给你花，你以后挣的钱还不是要给你的孩子花？把你们生出来，就有这份责任。"

说完她又拿起手机："哇，又抢到一个！看老娘动作多快！"

写到这里，我忽然想起了小时候在公园里的一个情景。

我拽着老爸老妈的手，借他们的手臂荡秋千，信心满满地对他们说："等我长大了，给你们买大房子住，给你们买大车车！"

老爸一把抱起我，妈妈用手帕擦掉我快要流下的鼻涕，对我说："大个仔啦，我们等着你的大房子。"

04

谈 资

>

不管怎样,

这就是

20岁的我们

别再随便说你老了

―

Frank

前几天，听说北京下了大雪，飘飘洒洒的，落了片白茫茫大地真干净。

可此时在广州的我，依然穿着短袖短裤，趿拉着拖鞋，在路口顶着太阳买烫嘴的煎饼果子和冰镇的豆浆。咬一口煎饼果子，嘬一口豆浆，低头刷沉寂一夜的手机。

不知道从什么时候开始，通讯录里的学弟学妹一个个都成年了。他们总是在凌晨转点的时候发朋友圈纪念，凑齐九张自拍，眯着酩酊的醉眼，敲下长长的彼此祝福的话语。

字里行间夸张着对高中时代的怀念，自说自话着只有他们自己才懂的陈年旧事。他们一边说着自己老了、青春不再之类的话，一边头也不回地跨进成人的世界。

很自然地，我想起前两天刚刚体测完的Blake，叉着腰气喘吁吁地说自己老了，然而到了晚上，Tom又接到Blake的电话："今晚去哪一家酒吧？"

我们依仗着自己活蹦乱跳的年轻生命，腿脚轻快、语言轻佻地大声叫嚷着自己老了，好像有意要让衰老知道，世上还有这么一批鲜活的男男女女。

未曾真正想过，有一天年岁会自己凑上前来，清晰得毫发毕现。

衰老，会大口大口地将我们吃掉

昨天，高中的直系学妹在 QQ 上加我为好友。聊起来，才发现自己比她年长了整整五岁。她在怀念"摩尔庄园"快关服的时候，我想到的是那些和表哥一起彻夜打红白机的日子。

我们无意间谈到了我当年的班主任。她说，中秋节的时候，班主任念叨着我们这一届毕业的学生，说着说着兀自哭了出来。那时候，想到那条存在草稿箱里的群发祝福短信，有些愧疚而不知所措。

高三的中秋节，班主任拿着手机一条一条念着毕业生发来的祝福短信，一边念一边抱怨着浪费她多少时间去回复。还记得她突然很文艺地说："以后的中秋节，你们将会在大江南北的哪一个地方共同仰望这一轮明月，由你们自己决定。"

可惜的是，今年的中秋节，广州看不到月亮。我也只是在晚上才想起来给自己买了商店里所剩无几的冰皮月饼，草草吃了。

实际上，我并没有很喜欢我的高中班主任。我不喜欢她在念叨"要多赚钱"的时候在背后的黑板上抄着她自创的或是从书上看来的名人名言，不喜欢她对人不对事，不喜欢她在班里安插眼线。

当然，这一切的不喜欢，也许只是因为她骂过我早恋，抓过我旷课打球，并且乐此不疲地让我在班上当了快三年的反面典型而已。

说到底，她只是一个有点功利、有点世俗的普通高中老师，渺渺如尘芥。她所做的，也只不过是不加粉饰地把成人世界的现实与无奈横陈在一群十六七岁的孩子面前。如今的我们，不也都心安理得地走在当年厌弃的路上吗？心明眼亮，大步流星。

学妹还说，前两天因为一个学生不听话，班主任被气哭了。这句话让我有些恍惚和错愕。我还记得高二的元旦，匆匆结束元旦晚会的我和十来个同学没有直接回家，而是坐车去市内唱歌。

久在樊笼里，复得返自然，连市内冬日里汽车排出的尾气都显得格外欢畅而温暖。只是这件事第二天不知道被谁揭发到班主任那里去了，同学被一个个唤去办公室，又一个个哭着回来。我等了很久，等到额头在七八摄氏度的寒风里冒出虚汗，大颗大颗地滴落下来。

时至今日，情随事迁，大多可以当笑话讲出来，我甚至都不记得自己有没有被叫去办公室、班主任又批评了我些什么，只有那惶恐和不安好像落在了那年冬天，无法找回，也就无法遗忘。

只是从未想过，有一天，她会被讲台下这群十五六岁本应是低头咸伏的学生气哭。我以为我只毕业了一年有余，却不想，日子老下来，比我想象的要快。我不知道班主任的生活是否横生了许多变故，只是曾经那么强势而蛮横的她和如今这个对着一众学生无措垂泪的她，恍如隔世。

衰老就像是北京纷纷扬扬的雪花，在我们打雪仗、堆雪人，在冰天雪地里凭着年轻气盛胡闹打滚的时候，早就悄然覆盖了我们身体的每一寸。

就像大雪压垮树木，它也在一言不发地等着我们老得任人宰割的一天，大口大口地将我们吃掉。

为什么老人走路那么慢

今年初春的时候，奶奶又进了ICU，我不记得奶奶的身体是从什么时候开始垮掉的。

那些留存的照片里，奶奶还是一个微胖的慈祥的老人。我记得给奶奶打电话的时候，她已经口齿不清了。听爸爸说，躺在病床上的奶奶听到我的名字就会流眼泪。

在家的时候，奶奶就喜欢碎念着，她要看着孙子毕业挣钱、娶妻生子才能瞑目。虽然后来奶奶被救了过来，人却瘦得不成样子，似乎隐隐有一种凶狠的虫子依附在老人身上，饮血啖肉。

暑假里，奶奶变得更唠叨了，她好像无时无刻不在担心着有什么重要的事情忘了交代。入党、找女朋友、工作，事无巨细，她都要一一叮嘱我，好让我依仗着她那积累了一辈子却已经过时的经验躲过生命中的灾祸。

和奶奶说话的时候，我不敢看她因为干瘦而显得格外大的眼睛，眸子已经混浊了。

每次回家，奶奶总喜欢抱着我和我比身高，然后乐呵呵地夸我又长高了。实际上我很久没有长个儿了，是历历经年正夜以继日地剥蚀着奶奶，没有分寸。我不知道奶奶还能躲过多少个寒风吹彻的冬天，也不知道来年春天的暖阳还能不能烤热奶奶冰凉的骨头。

我父亲和两个姑姑都是被奶奶一手带大的，我、表哥、表姐，也是被奶奶带大的。她很骄傲于自己亲手将两辈人抚养成人，开枝散叶。无论是饥饿、贫穷还是疾病，都没能把她的骨肉从她身边夺走。可如今的她自顾不暇。

她也不识字，我记得从我上小学开始，奶奶就喜欢拉着我让我教她写字认字。急着出去玩、急着谈恋爱、急着做作业、急着长成大人的我，至今只教会奶奶写她的名字。而不知道从什么时候开始，奶奶已不再让我教她写字了。

下雪了，北京就成了北平，银装素裹无始无终，无论是高楼还是平房，都会被大雪封门。

衰老也是这样，均贫富，等贵贱。终有一天我们会衰老如斯：走不动路，睡得很浅，吃得很少，大把大把地挥霍着为数不多的时间在阳台的躺椅上看日升日落、春去秋来。

宋人陈师道有句诗"少日拊头期类我，暮年垂泪向西风"，大概就是这个意思吧。那个时候，我们的生命就像荒野一样敞开，只有任飞鸟叼啄、蛰虫蚕食，再不能体面周全。

我想，老人们走路那么慢，大概是他们知道终点越来越近了，慢点走，就能多陪我们一程。

我记得爷爷给我念过一本书里的话："一麻袋麦子谁都有背不动的时候，谁都有老掉牙啃不动骨头的时候。"希望每一个看到这里的人都老有所依。

无论是朋友、恋人还是儿孙，至少在生命已失去十之八九的可能的时候，不至孑孑一人，形单影只。

厚重的生死和细碎的日常

―

Jame

昨天傍晚从医院出来，被广州突如其来的北风吹得打了个哆嗦。

我紧了紧那件显老的格子衫，环抱着双臂、弓着背回到了宿舍。想到这风或许会突然地消停，又突然联想到生老病死，它们就像这北风，也是不请自来的。

所以，今天我想写写医院这个地方——残酷、悲情、冰冷，比广州的风还刺骨。

《活着》里的福贵对医院充满了恐惧，因为他的一对儿女都在医院里断了气。葛优演出了那种穿透屏幕的无力感，让我记忆深刻。我自小也一直排斥医院，因为那里意味着针头、药丸和长长的账单，还有一种忐忑的未知。

可世事难料，现在我却常常进出那栋住满了人却依旧冷冰冰的医院。和小时候不一样的是，我身上披着一件白得无所适从的大褂。

这里就像一座"舞台"，而我是这里的观众，见到了厚重的生死，也唠过家常。

诊室默认的规则

上小学时，我身子虚，隔三岔五要被我妈领去社区医院。挂号的大姐都认得我了，好几次都热情地招呼着："哎呀，怎么又是你呀？"

病得像林黛玉的我，并没有精力搭理她，只好由妈妈尴尬地应和一句："这孩子就是身子不好。"然后搀着我走上三楼。

关于那座医院，唯一彩色的记忆就是儿科诊室的木马摇椅，一张是红色的，一张是黄色的。排队等医生就诊的时候，头昏脑涨的我就在上面自顾自地摇晃着，其实这并没有乐趣。只是在这安静而压抑的医院里，只有它们能让浑身乏力的我瘫软在上面。

小时候的我最喜欢红色的木马，因为当时大多数动画片主角的主色调都是红色。可是有一次，红色的木马被一个小男孩占了。于是，我只能不甘不愿地趴在了黄色木马上头。我看了他一眼，脸色苍白，还留着不符合当时小学生审美的寸头。

他的眼神有点呆滞，我俩面面相觑，却谁都不理谁。医院里面的小孩必须丢掉平时闹腾的模样，这也是默认的规则。于是，尴尬与沉默，就成了诊室里面的常态。

没想到我是比这个孩子先看病的。医生龙飞凤舞地在病例上开一剂抗生素，就让我妈继续搀着我去交钱了。走出诊室的时候，我回头看了一眼，那个男孩的母亲正和医生说着什么。

只记得我听到了三个字："白血病。"

我突然惊愕地把视线落在那个男孩的脸上，他却依旧呆滞地望着医生后方——不知道是那堵煞白的墙，还是窗外的树荫。

许久以后，我还是忘不了那个男孩。我想象过无数次关于他的故事，但却没有再在那个诊室里面见过他。

重症病房里细碎的日常

蔡崇达笔下的重症病房,有着细碎的日常,却毫无生机。

高一的暑假,我爸也躺进重症病房了。那里一般是下午两点半开房探视,于是,我每天吃罢午饭就走去医院看他。经过医院旁的高架桥底,看着湍急的车流从头顶开过,总是不禁环抱着双臂快速地走过。

那段时间里,我爸瘦了20斤,每天一见面就跟我说医院的饭菜有多难吃;或是跟我抱怨哪家亲戚只来了一次,偶尔还会难得地开玩笑说:"我年轻的时候比现在还瘦,那时候可帅了。"而我总是按着童年学会的规则来,一脸死气沉沉,用着极短的语句回答他。

我爸的隔壁床是一个老奶奶,一看就比他严重多了,整个人像是嵌在了床上,浑身插满了管子,连着形形色色的仪器。有一次来的时候,她的床收拾得整整齐齐的,仪器也都撤掉了。我随口提了一句:"那个老奶奶呢?"

"昨晚死了。"他说这句话时没有看着我的眼睛。我们父子俩沉默了一阵子,不知道沉默了多久,只感觉很漫长。

蔡崇达最怕发现重症病房里面突然少了人。他说:"我厌恶这种感觉,就像你按照自己的记忆走一条印象中很平坦的路,然后突然哪里凹陷了,一踩空,心直直往下坠。"

后来,我爸上下手术台都是我和另外几个男医生合力抬的。上去的时候,他打了全麻,毫无知觉;下来的时候,他仍无知觉,我却看到了垫手术台的布上沾着触目惊心的血迹。

手术之后,他仍然要在重症病房躺着,我还是每天定时定点地去找他。术后第一天,我一站在他床边,他的第一句话就是:"哎呀,手术之后顿顿都喝粥。"

在我不知道接什么的时候,护士过来上药了。他小心翼翼地把藏在被单下面的手拿出来，我看见上面是一个穿透皮肉的静脉通道。

五年后的今天，我又读到蔡崇达的那段话："家属们一般忧心忡忡，病人们为了表现出果敢，却意外地阳光。每个病人都像个小太阳一样。当然，代价是燃烧自己本来就不多的生命力。"

经历过生死的人
似乎有很多想说的

现在的我，每周去医院见习，进过不同的科室，每次都和一个病人有短暂的接触。

有一次见到一个农妇，她躺在走道尽头的病床上，四肢消瘦，肚子却涨得像皮球。老师问诊了几句，她那皮肤黝黑、脸上满是褶子的丈夫唯唯诺诺地答着。

我跟在老师后头走着，他说那是刚从下级医院转来的疑难病例，还没确诊。我回头望了望那对夫妇，农妇还是仰卧着盯着天花板，她丈夫披着一件有些发黑的夹克在床尾蜷缩着休息。

我还遇过特别健谈且可爱的老奶奶，她从我进去之后就滔滔不绝地讲述着自己的故事，从怎么入院讲到自己过往大小的经历。

她是从卷烟厂退休的童工。最近十余年，儿孙满堂，她也就颐养天年，独自住在广州老城区的房子里。可是吸烟喝酒史比我妈的年纪还长，结果她落了一身病。

入院前，她每天五六点起床便独自去茶楼，坐个一两个小时，再去麻将馆搓四个小时的麻将。

讲到麻将的时候，这个孱弱的老人眉飞色舞，手舞足蹈。我同学偷偷说了一句：

"肯定打不过这种老人。"

她还会偷偷招呼我，示意我把耳朵凑过去，然后说："你唔好睇我咁啊（你不要看我现在这个样子），我屋企里面好多靓嘢噶（我家里有很多好东西），咩（例如）鱼翅啊、鹿茸啊。"一边说一边扳着手指数，其中一根手指套着金戒指，神情像小朋友炫耀玩具的模样。

因为皮肤的松弛和牙齿的脱落，在说笑的时候，她的嘴巴会不自主地嘟起来，有点滑稽，却很可爱。我好不容易把她的唠嗑引到问诊的问题上面，她仍是嘟着嘴告诉我："医生问我點黎喔，咪自己行过黎囉（医生问我怎么来，当然是自己走过来）。"她一边答着，一边自顾自地笑起来，我很尴尬地应和着笑了笑。

我看了看另外一床病人，正被家人守着，而这个奶奶被我们一群见习生围着。我没在这个问题上面聊下去，可是后来翻看她的病例，才知道入院的那天她的状态非常紧急，甚至"有濒死感"。

我不禁想，这个乐观却孱弱的老人到底是怎么走过来的呢？

最　后

我或许不会再接触到那个患白血病的男孩、患疑难杂症的农妇或是八十岁的老人了。我短暂地闯入了那些人的生活，猜测着他们之前之后的故事，或许他们的生活比我想象的好，又或许更差。

我不禁在想，在南方转凉的这几天里，他们还会不会跟一个穿着老气格子衬衫，走路还抱着臂、弓着腰的男生擦肩而过呢？

我终究只是过客，旁观着，在那白得无所适从的医院里。

其实你没有必要那么用力地去合群

Jame

那天和朋友聊天，他说，我们好像总是被集体绑架着。不同的是，以前是我们的与众不同被人修剪，现在的更多时候，很多人已经甘于做一个平庸的从众者。

我想了想，好像有点道理。

小时候，每个学期总有那么几次，校领导会来听课。班主任总会特别紧张，提前就开始准备——备课、动员甚至是排练。

老师会在前一节课把流程走一遍，把上课的内容给我们讲一遍，但要我们保持书本整洁，不能有太多笔记，并且叮嘱我们在提问环节积极举手、记牢答案。在公众课上回答到问题的同学是有甜头的，可能是老师奖励的一个本子。

为了公众课不出岔子，老师有一次甚至让班上比较调皮的郭某在上公众课时去她的办公室坐着。

但后来的公众课上，郭某信誓旦旦地跟老师承诺了绝对不会给她添乱，老师心一软，就让郭某留着了。得到老师垂青的郭某，在公众课上表现积极，在提问环节把手举得老高。老师自然就把这个机会交给郭某了。

万万没想到，郭某站起来之后，答了前一半，突然语塞、脸红，支支吾吾，最后憋出一句："老师，我忘记答案了。"当时，全班哄笑。我猜，老师应该很是尴尬。

在那节课之后的班会课，到了论功行赏的时候，老师给在公众课上"表现积极的同学"颁发奖励。心灰意冷的郭某人抵也知道自己没戏，瘫坐在座位上。

但没想到老师还是念到他名字了："郭××——"

郭某立刻从位置上弹了起来，想要上讲台拿他的奖励。料想不到，老师说："你是不是存心给我添乱的？这么简单的问题都记不住？你怎么那么没有集体荣誉感？"她严肃的语气，不容置疑。班上的同学甚至不敢笑。

平时野得很的郭某，当时只是耷拉着脑袋，小声喃喃自语，不知道说的是啥。

后来，我们升了一个年级，换了班主任，但是上公众课的套路还是一模一样，"你怎么那么没有集体荣誉感？"这句话也萦绕在我身边许久许久。

小学的时候，我扫地没扫干净，班级被扣分了，老师批评我"没有集体荣誉感"；高中那会儿，我早上迟到了，老师也说我"影响全班人"；现在上了大学，不去班级活动、不和舍友打游戏，也让人觉得我不合群。

久而久之，我也真的觉得"没有集体荣誉感"是一项很严肃的批评，它像是对一个人道德和人格的否定，没有集体荣誉感的人是自私的。

印象中，唯一一次"老师被同学们的集体荣誉感感动了"，是高三那会儿。我们全班为了响应学校的号召，参加拔河比赛，还拿了名次。结果我们全班男生被麻绳磨破了手掌，腰酸背痛了好几天。

那会儿的晚自习，不少人双手贴满胶布，在一摞摞的试卷上歪歪扭扭地奋笔疾书。可是大家都没抱怨，反倒是积极地讨论下场比赛的战略。

在所有人都穿着整齐划一的校服的年纪，我们总有一种说不清缘由的强烈的集体意识，我们愿意为了"班级的荣誉"，在那些广播体操比赛、队列比赛上面喊到喉咙嘶哑。

而且，在我们的价值观里，落单的人总是可怜的。于是我尽可能地融入一个集体，尽力表现以站住脚跟。

到了大学，尽管有些人像我这样游离在班级外，但其实也是因为选择多了，我们把情感寄托了在另一个集体里，可能是宿舍、社团或是学生组织。

大一在学生组织当干事的时候，大家都是热情满满。身边不少人可以开会开到凌晨，做策划书熬夜通宵，还有人可以为了活动"出人力"，翘课去做些布场、看守物资之类的琐屑的事。

有一次，我所在的学生组织举办了一场全校性的活动。所有干事、部长都转发活动链接到朋友圈，唯独我没转，因为我自己也觉得活动没啥吸引力。

结果第二天见到部长，他第一句话就是："你怎么没转？"

我一阵尴尬，摸着后脑勺说："啊，忘了。"当即掏出手机转发链接。

那时候，我们在枯燥而糟糕的活动中待了一整个下午，却因为有朋友陪着聊天，倒觉得时间过得挺快。归属感或许就是这样慢慢地建立起来了。

我待过的每一个集体，大家在散伙的时候总是会哭得稀里哗啦，喝得一塌糊涂。可是第二天酒醒了，大家各赴前程，找到新的可以依托的集体之后，彼此的联系又渐渐淡去了。

最后发现，大家重新聚在一起只能聊一起当初做的傻事。

突然想起有人说过："你以为你在合群，其实你在堕落。"

张戎在《鸿》里说，抗战后国民党统治下的锦州城弥漫着恐怖的氛围。有抱负的军官们终究慢慢被国民党内部腐败的氛围同化，终日留恋花天酒地。

其中一位潜入国民党特务组织的地下共产党员"感到非常痛苦",因为他必须强迫自己每日酗酒、赌博。

但最可怕的是,当我们从"被修剪"到自愿从众之后,我们可能会恍然发现,原来我们对集体屈服,得益的可能只是极少数的人。

我在高一那年回了一趟小学,发现那个批评郭某的班主任的办公桌已经搬到主任办公室了。我看了看那间办公室,另外几个主任全是四十好几的模样,独独那个班主任才三十多。

我感慨不已,但还是想着和老师唠唠家常,老师第一句话却是:"哦,我记得你,但是一下子想不起名字了。"

我很想相信她的话,可惜做不到。

大一那年,学校的某个学生组织拿了全国性比赛的冠军。我的朋友圈被这个组织的朋友刷了屏。

然而同样是这个团队的 Black 没转。那晚我们一起吃饭的时候,我像我当初的部长那样问他:"你为什么不转?"

他很是激动,说:"又不关我的事,参加比赛的其实就那几个人。荣誉、奖项或者加分什么的全部没我的份儿。"

咪蒙说她当初开公司的时候对她的员工描绘了一幅宏大的愿景:"我想做出最牛×的影视作品,改变国产影视业。我开公司绝对不是为了赚钱,赚钱太低端了。"

结果一群员工死心塌地地跟着她干活儿,最后她的公司面临财政危机,她只能哭着辞退了一批人。

我也发现,当我慢慢长大,集体利益和个人价值实现的冲突似乎越来越频繁。

当初我在一家公司实习。那是一家氛围很好、坐落在 CBD 的公司,工作也挺有趣的。最初几天在那儿上班,我每天都像打满了鸡血。

可是这份热情并不能持续超过半个月。我发现每天我的实习补贴压根儿不够我的交通费和伙食费;我的工作是按量分配,报酬却不会以绩效发放;甚至,我经常还要加班加得比大部分人还要晚。

我感到,我的回报远小于我制造的价值。后来我实在熬不下去,在实习期满的那一天离开了那家公司。

虽然说集体的利益的确与我们自身息息相关,但我一直不喜欢无私乃至牺牲性的奉献精神。

作为一个独立的个体,在接下来的生活里,也一定常常会遇到个人价值实现与集体利益发生冲突的时刻吧。未来的你,将如何选择?

你总会有一个人的时候

WhatYouNeed编辑部

今天，和老汤姆聊天的时候，他突然说：“我感觉自己从来就不是一个受大家欢迎的人，但是我的身边从来都是热闹的。”

他又补充道：“因为我会跟着别人，努力不让自己落单。”

对于"自己一个人，到底好不好"，WhatYouNeed编辑部的编辑们都有着不一样的看法，不知书本前的你是喜欢跟着别人热闹，还是自己一个人。

老汤姆：自己一个人，会被认为很可怜吗

记得以前在中学，我到饭堂排队的时候，会和一群人一起，洗碗也会一群人一起，就连上厕所，也要带上一个人。

因为我总觉得，如果自己一个人行动，别人就会用奇怪的眼神看着我，觉得

我可怜。实在万不得已要一个人行动时，我一般都动作很快，极少长时间单独出现在众人面前。那就像被人在身后看着写作文一样，让我感觉自己是赤裸着。

初二上学期的时候，我们班插进一个胖子。他是一个房地产商的儿子，以前在香港读小学。后来家人回乡发展，他被逼无奈也跟着回来了，进了我所在的那个班。

他插班入学的那一天，我印象特别深刻。他穿了整一套的马刺队球迷服，身材很高大，讲话也很大声，脚上趿拉着一对肥大的篮球鞋。我看了看自己的沙滩凉鞋，脚踝前魔术贴上的"大力水手"标签异常显眼，顿时觉得，我是这样土，他是那样酷。

第一节课是班主任的课，她让新同学上讲台自我介绍。他径直地走上去，一点也没有其他人的那种扭扭捏捏、假意推脱。

他的笑声很特别，笑起来跟撞钟一样响。下课时，男生都会围在他身边讲话，听他讲述在香港遇到的奇怪的人。可是每每到下课吃饭时，他就会只身走出教室，自己排到队列的最后，一个人洗碗，也一个人上学。他从来不像我们那样，刻意减慢速度来配合身边的朋友，营造出自己从不孤单的假象。

有一次打球，我坐在他身旁，问他："你干吗总是自己一个人走，不和朋友一起吗？"

"我只是自己做自己的事，这样就是没有朋友了吗？"

我再次觉得他好酷。之后，我也不再改变自己的节奏去配合身边的朋友，我多了许多和自己独处的机会，常常自己去跑步，自己打饭，自己在球场投篮，自己回家，自己走在校道上。

认识了小胖子，我才找回了我自己。

丸尾同学：自己一个人，其实真的有点不好

不知道从什么时候开始，"一个人"成了一种符号或生活方式，不管你是真孤独还是假孤独，反正先说是孤独好了。广州有一家以"孤独"为名的小饭店，店里没有单人座位，去的人也往往不是单人，这家店却非要用"孤独"来做噱头。

要说为什么这样，大概就是因为"一个人"成了一个时髦的东西。

之前有个词叫"女汉子"，非常流行，但是后来也臭了。大概就是因为太多人拿它来说事，非要生拉硬扯套在自己的身上，以证明自己是一个坚强的人。现在流行说"一个人"，翻来覆去无非就是表达，虽然我没有朋友，和别人合不来，但我一个人也非常好。

2012年，我从祖国的西北来到广东求学，习惯了这里的天气，习惯了这里的饭菜，习惯了这里的茶位费，但还是没有习惯看电影的时候只有一个人。确实，在生活中也是很难找到一个既像我这样爱看电影又像我一样说走就走的人。

所以到现在，我一个人看了三年多的电影。

原先在珠海时，我会一个人去坐公交，下车之后去麦当劳买一杯可乐，走进电影院买票，坐到位置上。来到广州后，我就走到学校对面的商城，到八楼取票，然后坐到位置上。

听起来这是一件挺酷的事情，想看就走，看完就回，可是实际上，潇洒态度的背后却是满腹的愁闷。

看《钢铁侠3》时，炸了十几套钢铁战衣的画面让人热血澎湃，可是我是一个人去看的，所以激动只能憋在心里；看《不二神探》时，毫无节操的制作团队让我差点中途离场，可是我是一个人去的，所以一肚子不满也只能憋在心里。

一个人去吃"外婆家"，只是去倒杯茶喝，回来之后桌子上就空空如也。一个人去图书馆学习，只是去上厕所，回来之后桌子上也空空如也。最关键的是，看见别人二五成朋地走在一起，就会觉得非常尴尬。

冬天一个人去食堂，旁边走着的几个人欢声笑语，对比之下，好像冬天在人家那里都不冷了。我只能尴尬地缩了缩头，然后快步走开。

所以最后我也学乖了，去看《私人订制》的时候叫了人陪我去，回学校的路上总算有人和我一起"吐槽"冯小刚了。考研的时候有了研友，也可以比着早起，一起坚持着学习了。

我虽然不爱聊天，但是有人坐在身旁，似乎连吃饭都香了一些。总之，除了干些不足为外人道的事外，还真没什么事是一个人干比多个人好的。就算身边没有什么志同道合的伙伴，但是在像豆瓣这样的网站上，不也能找到很多在某个爱好上合得来的同城好友吗？

之前我们发过一篇稿子大抵是讲一个人有多好。但是细读下来，所谓一个人的好处，不过是没找到一个合适的人，又懒于去找罢了。

谢尔顿已经是个十足的"怪咖"，可是当莱纳德想要离开他时，他也会说："你是我最好的朋友，怎么能够离开我？"

火锅要大家一起去吃，蟹粥也要一群人去吃，至于一个人的生活，还是不要太多了吧。

Jame：我逐渐意识到，我是个特立独行的人

我不是一个孤僻的人，但是我逐渐意识到自己是个特立独行的人。具体是从什么时候开始意识到这一点的，我也记不清楚了。

可能是我带着一个理科男去音乐节，结果反倒闹得大家不开心的时候；也可能是和WhatYouNeed的编辑去海边，大家想去沙滩，而我提出想去博物馆的时候。

于是我也就渐渐不去强求别人委屈自己陪我，因为我也不想陪他们去唱歌、打麻将。

有次小长假，舍友都回家了。我给自己排了满满的一天，逛博物馆、看电影、跑步，还在越秀山上吃了顿素食。等上菜的时候，我拿出书看了半晌，不用和别人唠家常，反倒让我觉得很安逸很充实。

可我也发现，一个人吃饭这件事在哪里看起来都是一件可怜的事。尤其在学校的食堂里，很多人都是一边吃一边玩手机，吃完匆匆忙忙走人，有点落荒而逃的意味。

我也曾经是这么觉得的。起码，有人陪着吃饭，点菜都可以多点几份。但好几次吃饭的时候翻了翻通讯录，不知道找谁，最后还是自己去觅食。

最初还会顾影自怜，久而久之也就习惯了，还找到了一种乐趣，比方说，可以肆无忌惮地细嚼慢咽。

总而言之，有人陪着是好的，但一个人也有一个人的乐趣。

Ninety：不要把独来独往当成特立独行

我有一个怪癖，一个人的时候会自言自语，我是说，装作两个人甚至多个人在对话那样。不过那是在小时候，长大后只有偶尔才会这么做。

有一次在机场大巴上，听到邻座的男生发出了断断续续、十分忍耐的笑声。于是我转过头看了他一眼，他也看了我一眼，终于忍不住笑出声来。我很疑惑，问他怎么了。他笑得脸通红："你怎么一直自己在跟自己说话，表情还很丰富？"

我才意识到，那次旅途中我太长时间一个人了，又有很多话想说，于是又不自觉地开始了自言自语。我有点尴尬，顿了顿，一本正经地告诉他："我在练习英语口语。"然后在他钦佩的目光中转头望向窗外。

那时候我还认为一个人扮演多个角色自言自语多少有点病态,不想被别人发现我有这样的怪癖。后来读到一篇文章,里面有份数据显示,超过一半的独生子女小时候都有这样自言自语的习惯,因为他们常常一个人被关在家里,想要分享时身边却没有伙伴,于是自己和另一个自己交朋友。等到长大后,朋友慢慢变多,独处的时间少了,自言自语的情况也就渐渐少了。

所以,我们的一生其实都需要朋友陪伴。

没有人能够一直陪你,这句话很正确。但是让我生气的是,很多文章竟然通过这句话延伸出"还是一个人比较好"这样的观点。

大多数时候,我们之所以一个人,不是因为我们享受孤独,而是因为我们找不到合适的人陪,甚至基本上已经放弃了去寻找那个(群)合适的人。独来独往和特立独行之间根本没有等号。一个人看电影、一个人吃饭、一个人逛街算什么特立独行?不过是我们放弃寻找伴侣的信号罢了。

放弃寻找那群聊得来、玩得欢的朋友的原因有很多,但多数是因为勇气,害怕向别人发出的邀请被拒绝,害怕对他人的付出得不到对等的回报,害怕别人对自己生活的介入导致的改变又或者害怕分开的痛苦而不愿投入等等。

一个人的独处是最低成本的相处,一旦开始和别人相处,我们不可避免地要付出多一些,在精力和情感上也有更大的损耗。

可是人生的乐趣不就在于和不同的人碰撞,擦出火花或者"擦枪走火"吗?和朋友们一起喝酒吃肉,说笑话,聊宇宙星辰。如果始终一个人走,这一路好风景要和谁分享?遇到一潭碧池水,要怎么跨过?

的确,和朋友在一起也许远没有电影里描写的友谊那样热血,更多的时候涉及生活的琐碎。我想吃粤菜,而他想吃川菜,于是我做出了让步,今天一起去吃川菜。但和朋友间的相处免不了这样的让步与妥协,这些生活方面的妥协对自己的独立人格并没有任何破坏，并不是独来独往的人就拥有了更完整的人格，相反，他们多少不懂得让步，反而更难相处些。

总之，和朋友的相处免不了日常性的损耗、包容与退让，但这些小小的损耗换来的是发现自己与人产生共鸣时所带来的巨大的愉悦感和安全感。

世界太大了，我们或多或少需要借助我们喜欢的人来感知这个世界。如果仅仅靠自我这个封闭的系统，我们迟早会精疲力竭，就像当初相信永动机的人那样天真。没有人可以成为永动机，我们都需要愉悦感和安全感来为自己充电，而这些感觉只有靠别人的陪伴才能带给我们。

我喜欢 Like Sunday, Like Rain 里 Reggie 日复一日地在古堡一样的大房子里拉大提琴的情节，哀伤又孤独的曲调一点点充满房子的每一个角落。当观众也快要被这种单调忧郁的独处淹没的时候，同样孤独的 Eleanor 出现，听懂了 Reggie 的曲子，像茫茫大海上两只迷航很久的小船终于找到了频率一致的彼此，之后的故事都变得明快起来。

我们终会找到频率一致的那些小船，前提是，我们始终诚实地向世界发出信号："我不是喜欢独来独往，我只是还在寻找。"

薏仁君：陪自己走完全程的，还是自己

刚进高中的时候，我特别黏初中的一个朋友，恨不得每周都约她出来聊天逛街。一见到她，我就觉得旧日时光都回到了眼前。

可没过多久，她就开始因为各种理由，连续地拒绝与我出来。有一次，她说她妈妈不让她出门，我却在街头遇见了她和她的新朋友。

从此我们开始互不理睬，友谊也随之走到了终点。

但出人意料的是，失去了这个"最最重要"的朋友之后，我不但没有号哭三日或者暴瘦十斤，反而渐渐有了新的圈子和生活。就像有人所说的，许多曾经视作无比重要的陪伴，实际上也没有那么了不起。

前几个月，关注了很久的一位歌手要开演唱会。她不是我们这代人的偶像，同龄人对她也知之甚少。于是，我自己一个人买了票去听。没想到的是，当演唱会的灯光逐渐暗下去，所有人一齐跟着台上的人缓缓地唱起并不时新的旧歌谣，气氛好得让我完全忘记了独自一人的尴尬。

我也想起了这几年很火的《一人食》，它介绍了无数份一个人的食谱。一碟碟精致的食物安静地传达着一个人也要认真吃饭的理念，既不能随便，也不要将就。

大概正是因为少了旁人热闹的陪伴，才终于有机会仔细地听一首歌、专注地吃一顿饭。

动画《千与千寻》里，列车驶过茫茫大海的时候，千寻和无面人安静地坐在座位上。身边半透明的乘客或上车，或下车，一切都在静默中缓缓进行。

最终陪伴自己走完全程的，只能是自己。

最　后

第一次听《叶子》这首歌，是初中。在做什么都要拉上人陪的年纪，不知道为什么对一句"我一个人吃饭旅行，走走停停"印象深刻。当时不知道写歌的人对这种生活是抱着怎样的态度。

现在，我学会了一个人吃饭、旅行，也走过了许多地方，却很少停下来。因为一个人的时候，若是停下来，很容易胡思乱想。

今晚又是一个人吃完饭。走在车水马龙的中山大道上，站在十字路口等红绿灯的时候，我难得停了下来，抬头看到一栋高楼孤零零地站在一片平房里头，又低头看了看热闹的微信。

恍惚间，红灯变成了绿灯，我锁了屏，往那栋高楼的方向走去。

05

毕　　　业　　　礼

不管怎样，

这就是

20岁的我们

我们先走一步了，你们加油

汤姆&Blake

这两天，我们终于从毕业的旋涡里走了出来，交齐了所有的毕业资料。关于大学，接下来要做的，大概就只剩下静静地等待毕业典礼和领一份证书了。

吵吵闹闹地过了四年，终于要离开这所大学。我和汤姆住在同一间宿舍里，我们一起敲下了第一篇 WhatYouNeed 的推送，今晚，也是我俩一起写的为数不多的文章。

陌生人
来自老汤姆

大学里过得最辉煌的，应该是大三的时候吧。

那时候，我和 Blake 在宿舍里鬼鬼祟祟地注册了 WhatYouNeed，邀请了几个朋友加入，打算大展宏图，做学校里最有意思的媒体。

紧接着，我竞选了学院团委的书记，印刷了有自己画像的海报，贴得满学校都是，还到每个班上去演讲拉票。进了主席团后，我和刚刚大一入学的漂亮小秘书 Carine 在一起了。

那时候，我觉得自己似乎要上天了。走在校道上，我总能遇到好几个认识我的人，打招呼的手没有放下多久，又举了起来："Hi，上课吗？""Hello，出去吃饭吗？"

尽管当中的许多人只是"Hi-Bye Friend"，但我也依旧沾沾自喜地想，这么多人认识我，自己大概也算是校园里的成功人士了吧。

邻近毕业，我已经搬到校外住了，最近递交资料，我才重新回到了校园。回校时，我总会约上 Carine 一起吃饭，然后像以前那样在校园里散步。

快到上晚课的时间了，我们走在校道上，身边走过一群又一群飘着淡淡沐浴露香气、头发微湿着的师弟师妹。我发现，人群中竟然再也没有一个我熟悉的面孔。

走在路上，偶尔会有一两个同学和我留任了部长级的女朋友打招呼。这回轮到我问这个问题了："怎么那么多人认识你啊？"

他们各自说笑，充满活力，似乎这个学校是属于他们的，一点也不关我的事。

散伙饭
来自 Blake

前段时间，我回到宿舍收拾东西，只有一个舍友在。

我一边清空自己的抽屉，一边和那个打机的舍友聊着录取函、户口等棘手的问题。

他问我渴不渴,就像以前上完课的某个普通的晚上,我说渴,他就下楼买了两罐冰镇的维他柠檬茶。

我们有一口没一口地喝着,他忽然说:"我们什么时候吃顿散伙饭?"

听到这个,我忍不住笑了。从大一开始,我们就经常以吃散伙饭的名义出去吃饭。五一假期前吃一顿,寒暑假前吃一顿,开学也要吃一顿,说是要提前为最后的那顿预热。

我们宿舍有六个人。可是,一年前我和一个舍友闹翻了,搬出去住后我再也没有和他说过一句话。另外的两个,一个去做了交换生,一个很认真地学习,我们不一起上课之后,也没有认真再说过话。

想不到啊,到了真的要吃散伙饭的时候,反而没了兴致。

租房
来自老汤姆

除了写论文,毕业前要解决的最痛苦的事情,就是租房子了。其实租房没有特别难,难的是钱袋瘪又想住得好。

想要解决这个问题,最好的方法似乎是和朋友合租,于是我便和丸尾同学开启了每天下班就去看房的生活。

我们看了好几个等级的房子,从最近的看起。

我们首先看的是暨南大学旁边的教师宿舍楼。在逛遍了那些空房之后,这种租金均价 6000 元一个月的房子让我们大惊失色。房子破旧不堪,霉味深重。

看完这些房,走出校园时,我们俩一句话也没有讲。每个月花掉一半的工资只能住上这样的房子，让我突然明白"心好痛"的滋味。

于是，我们头也不回地走向下一套房子——靠近学校西门的考研床位。这个840块一个月的租金都让我们非常满意，可走进房子后我们大跌眼镜。一套三室两厅的房子竟然住着十二个男生，剩余两个空床位等着新来的租客，我俩连忙掉头就走。

接着，我们还硬着头皮去看了好些租金在5000元左右一个月的公寓，但没有一套能达到我们想要的居住水平。

在那晚看的最后一套房子里，透过客厅的窗户，我们恰好能看到远处高耸着的东西两塔，在珠江新城的霓虹下，似乎很难容下我们这些来自外地的毕业生。

我和丸尾默不作声地下楼，他轻轻叹了口气："要不，我回老家算了。"我拍拍他的肩说："要沉住气。"

工作狂
来自Blake

我高中开始用微博和微信时就养成了一个习惯，就是每天都在朋友圈发送生活中最好的部分：自认最好看的照片，最高级的餐厅，还有最热闹的活动。

可能是因为WhatYouNeed做得还不错吧，大家都觉得我活得很好。因为开了公司，出门和朋友吃饭，大家都叫我"老板"了。

随着我们团队步入正轨，我越来越忙。换号后，我再也没有写东西。大家都在挖苦我，问我是不是再也写不出来。每次我也只是苦笑，等我忙完，等我忙完就写，想不到又过去了半年，我还是没有好好写。

前几天，我们团队早早就准备好了所有的事情，五点半就下班了。我和行政部的 Steven 走在办公室楼下。我说："我不知道回家可以干吗，要不去喝一杯吧？"他说"好"。然后我们就坐到了酒吧里。

我终于进入了一种以前理解不了的状态，就是竟然会在某天特别空闲的时间里不知道要做什么。

记得上一次喝酒玩真心话，副主编 Jame 被问到最讨厌我什么，他的答案是："晚上十一点 Blake 催稿的时候。"

我哭笑不得，可能在大家心里，我已经成为了一个冷酷的工作狂吧。最近的压力也的确有些大，大家都要毕业，成为公司的正职，我总不能发不出工资吧？

其实，还挺怀念大家无所顾忌叫我"大头"或者"小明"的日子的。

铁打的老师
来自老汤姆

5月13日，是我毕业论文答辩的日子。

那天，我认真地穿上西装，戴上领带，穿上擦了半天的皮鞋来到了答辩的会议室。在台下准备的时候，我们的班主任也悄悄跑进了答辩会议室，坐到了我的后面。

她说："阿拓啊，就这样四年了。我还记得你刚刚进学校的时候上台竞选班干部的时候头发耷拉下来的样子。现在，你都梳起来了，变得这么成熟了。"我害羞地回应："头发梳起来凉快些。"

开完我的玩笑，她抓住我旁边女生的手说："你还是单身吗？找男朋友没有呀？"……

从未想到，严肃的班主任会和我们开这样平常的玩笑，似乎人们总会对那些即将离开的人特别温和和友好。

答辩完，我们回去又修改了一遍自己论文里的小问题，接着，便是装订好封面，拿给论文导师评分了。

我和Blake恰好是同一个指导老师，便一起去教授的办公室。教授一边翻着我们的论文，一边问我们："想要多少分呀？"我们开玩笑着说："能毕业就好。"

"那就给你们60？"

我们连忙拒绝："不不不，高一点也是可以的。"

她笑了笑，转过头认真地看着我们的论文。我们安静地在一旁看着她一页页地翻，然后认真地在评语框里写下了我们不高不低能毕业的分数。

把论文交回我们手上的时候，她叹了一口气："铁打的老师，流水的学生哪。我估计，还得坐在这个办公室里很多很多年。毕业快乐。"

哼，几年后你就知道惨了
来自Blake

写到这里，我突然想起了那群在校道上说笑的孩子。每次路遇他们，匆匆路过的我总会在内心里冷笑："哼，几年之后你就知道惨了。"

特别是，当你没工作没女朋友没房子没车子还有一堆梦想的时候，就知道惨了。

聊聊：大学最后悔的事

主持：Brynden

2016年3月10日，是 WhatYouNeed 成立两周年的日子，距离我毕业也还剩下不足一百天。不知不觉，我也是一个将要离开大学的人了。

常常有人问我大学过得怎样，我只好无奈地笑笑："虽然开心，但还是有很多遗憾。"假如大学可以重来，我一定要做些不一样的事。仔细回想过去的这几年，最后悔的事，大概就是自己根本不像个学生吧。我读的是金融，朋友和家长谈及我的专业时，都会异口同声地说："多好啊，以后出来一定很好赚钱。"

可是我读了三年，对金融依然没有一丝兴趣。好几次睡过头，睁开眼，宿舍只剩下我一个人。逃掉一节又一节专业课，大学就这样过去了。

后来，我收集了读者们的感想，突然发现原来我们都一样。

来自 Chris

重来一次的话，我肯定不会让同班同学对我说出："咦，你竟然来上课了。"

来自小猪

我所想象的大学四年，是那么的完美和励志。

原本我想锻炼，想有美好的身姿。我想研究食材，想吃出健康。想拿个奖学金，不能用于求职的话，炫耀一下也好。想谈一场大学里的恋爱，感受一下最纯情的爱。想去尝试各种各样的事物，想接触各种各样的人，想去好多好多的地方。

但最终，我只成为了闷在宿舍玩电脑点外卖的颓废女。

来自李仕威

假如大学可以重来？我最大的遗憾，大概是没有参加什么社团，没认识到什么人，没有到处去玩吧。

作为一名工科男，从大一开始就混迹于实验室、科研室，参加过大大小小各种比赛，也拿过各种奖项。很多人说羡慕我们，觉得我们很厉害，但我们又何尝不羡慕他们的自由自在，还有这么多这样那样的朋友。

背负着那么大的压力，有的时候却达不到预期的结果，几个月的努力全部付诸东流，那个时候的心情是很崩溃的。

如果能够再来一遍，我希望自己不要这么累了，去认识多一点人，去尽情地玩尽情地浪吧，再也不要成为一名只知道实验室和学习的"屌丝男"了。

来自Stephanie和她的小剧场

大学四年过去了，我怀疑自己有没有上过大学，除了花了大把的时间看了很多的剧，什么都没有留下。

其实，我的成绩一直不好。大一第一学期的绩点只有 2.4，后来努力了一些，才勉强上了 3。

虽然我一直不觉得成绩好有什么值得骄傲的，也没想过拿奖学金和荣誉称号，但今天和同学一起打成绩单，看到平均成绩比他低了差不多 10 分时，心里还是有些不舒服。

但是，当我一扭头看见另一位朋友和我成绩相差不多，还是忍不住笑出声来。自己很差的时候，能让你好过一些的，也只有成绩更差的朋友了。

每次下班回到学校，我总是会躲闪着那些成群的学生，感觉自己落寞又孤单。这个时候，我还会为我的大学缺少一段完满的感情而遗憾，不只是爱情，还有友情。

我也常常安慰自己，虽然失去了那些大学该做的，但我也得到了别人没有得到的。

来自 Kim

如果说有最后悔的事，那就是没有好好去争取错过的爱情吧。

大一还没开学的时候，我们在新生群里就相识了，聊开了之后发现竟是同班同学。也是这样，我们成了最好的朋友。

第一次见面，她就送了我"姨妈巾"，因为我随口说了句军训要用它当鞋垫。她第一次参加演讲比赛要排练，我成了她第一个也是唯一一个观众。她说大学里没打算谈恋爱，我笑着说是不是没人追，其实心里却有几分庆幸。

现在她大三了，也有了男朋友。还记得那一晚，她突然给我发微信说："我有了男朋友。"那是因为我和她约定，有了另一半，一定要告诉对方。知道了这个事实，那一晚却再也无法入睡，但我还是祝福了她："好好珍惜。"

只是，如果我能早一点发现我已经喜欢上了她，如果，我能再勇敢一点说出来，如果，时光还能重来，那一切可能都会不一样。

来自一个表情

大学的其中一个遗憾是，并没有和舍友成为难兄难弟，反而感觉形同陌路。

晚起了不会叫你，下雨了不会帮你收衣服，更别说一起出去玩，他们都异常地宅，朋友圈里他们也仅限于学院同班的同学。而我更喜欢和不同学院的人相处，寝室变成了只是睡觉的地方。

其实，关于情感方面的遗憾，我以为会有很多痴男怨女悔恨自己遇到前任。只是万万没想到，这样的人只是少数。

很多人即便遍体鳞伤，却也依旧能够无怨无悔。

我想起了一个前阵子被男朋友伤害得很深的朋友。昨天，她很平淡地告诉我，现在他俩见到已经不会有很大的情绪起伏。但她还是会祝福他未来好好过。

来自匿名

我的朋友总和我说："如果重来一次大学，你肯定不会和那个渣男在一起，害你堕胎，还大出血。"可是如果重来一次，我还是爱他。

来自安梨扭出来

命中注定，重来多少次，还是一样。

看完这个故事，我忍不住思考，如果再来一次，会不会愿意抛弃现在的友情、工作以及遇到的一切。答案是否定的。

很多人以为穿越回去就可以改变现实，可以开始新的人生。但其实重新开始，你大概也还是会做一样的选择，走向差不多的结局。

有一次，和大学的朋友跨年。大家喝得酩酊大醉，在沙发上东倒西歪，突然有人提议："我们去看日出吧！"于是本来已经快睡着的我，硬是被朋友扯起来拖出了门。

凌晨三四点，大家结伴肆无忌惮地走在马路上，寻找看日出的绝佳地点。我迷迷糊糊地跟着大家走，不知过了多久，就来到了白云山顶。

那时，我只想快点看完日出回去睡觉。

直到后来，东方显出了橘红色的光，把大家的脸都照得发亮，我才庆幸，还好跟大家来了。于是，跟着大家一起激动地蹦蹦跳跳。

通宵很累，但如果你让我再来一次，我还是会去。因为对我来说，所有的点滴都成为了我不愿意割舍的一部分。

没啥遗憾的，我觉得总想重来一次，就一直过不去了。大学没有做的，只是不想做，如果还想做，那现在去完成就好了。

来自Olivia

不想重来一次，我舍不得那一大帮朋友。大学的遗憾还不至于让我放弃他们，去重新生活。

来自姜

其实，我觉得四年之后实现的与当初设想的不一样，也不会太过可惜。

因为人生本就是不断修正的啊。我在这个旅程里，慢慢地修订了很多次我的想法与目标，变成了今天这样的状况，也是人生的经历与美好吧。

最 后

无论大学的遗憾让我有多么悔恨、失落甚至是痛苦，每当想起现在工作的开心与知足，便打消了我所有想要重来的念头。

如果大学重来一遍，浪漫的人会选择体验那些未曾体验过的新生活，现实的人会选择再走一遍老路，力求不犯错误。

而我要是重来一遍，定会先去买学校附近的房子。

因为我入学那年只要两万一平方米，如今已经涨到了十多万一平方米。

真正回不去的是我们停留的地方

一

紫菜姑娘

最近发现，每次我离开广州，都是匆匆忙忙的，慌乱地整理行李，一些朋友没有见到，一些事没有完成，即使早就制订好了计划。这也许就像大家常挂在嘴边的那句，我们总是没法认真地年轻和道别。

这大概是最后一次离开广州还会返程了吧，因为我要回家了。

走前的一天，副主编Jame叫我和布莱克（Blake）去吃牛腩煲。结果，只吃到一半，我和布莱克就减慢了下嘴的速度，若有所思且缓慢地咀嚼着食物。

我俩看着Jame津津有味地从头吃到尾，还不时抬头问："你们怎么不吃了？"我放下筷子说了句"吃不下了"，开始听布莱克讲他失眠的事。之后，我接着讲近期腰酸背疼的症状。聊着听着，突然心凉，感觉到我们的身体似乎要开始走下坡路了。于是想到丸尾的那句："虽然我们年轻，可是我们身体差。"

我计算着年岁，心想，以后要是离开广州，也不知道还有多少机会满眼父爱地看着Jame吃饭。

回家心切的我，订了早上七点四十的机票。于是，只能不到五点就出发赶机场大巴了，值得庆幸的是，我又可以多看几眼凌晨四点的学校。

出发的那天，深夜的宿舍静得像没有人。我慢动作收拾着东西，蹑手蹑脚地关上门，抬头看了眼816的门牌。走过一排班级同学的宿舍时，并不敢侧脸看，因为每一扇门上的数字都牵扯了几个交好的同学。而我们宿舍四个人互相嫌弃的日子，也会如同这些宿舍一样，始终存在，却再也无法重现。

"阿姨，新年快乐。"在跟宿管阿姨道别后，我快步走着，因为前几天丸尾误了飞机，一向马虎的我也很担心自己误机。后来，当我安稳坐上车后，还得意地发了个微信给他。没想到，他五点多回了个表情给我。看来，大四的我们都各怀心事，辗转难眠。

明明是清晨，坐在大巴上的我却如同坐夜车。远处大片大片的漆黑，只看得清眼下的路。我知道不用过多久天就会亮，世界就会清晰起来，即将毕业的我也相信往后的日子也会渐行渐明朗。

看着窗外不断向后跑去的建筑，脑海里是 Jame 嚼着牛肉，含糊不清地说的那句："你们6月……不是要搬出学校了，你去哪儿呢？"

如果他在一年前问这个问题，我一定能斩钉截铁地回答："当然留广州啊，我的朋友都在这里呢。"那时，我总是自信地以为，当下遇到的这些朋友，会和我一起在广州开天辟地。然而眼下的种种迹象开始动摇我最初的坚定。

最近，忍不住地回想自己慌乱的大学。

想想，身边也的确是有一伙儿多才多艺的玩伴。学霸保研复旦，"男神"迷倒师妹无数，"社会姐"气场十足。跨年的前几天，我突然想起了三毛的那句"要认真地老去"。于是，我和大家商量着要认真庆祝。

准备订房间的时候，想起31号人潮汹涌，房价又贵，钱包又瘪，还有一位友人要回家相亲，于是我们这群老人毅然决定30号去跨年。讽刺的是，欢闹一夜后一觉起来发现这个年并没有跨过去，就像二十多岁的我们每一年都过得有些艰难。

那天晚上，我们去唱歌，从《歌唱祖国》唱到了《青春修炼手册》。后来的节目自然就是喝酒、玩游戏、讲荤段子。不知是真的开心，还是心事太重，有俩姑娘很快就醉了。

看着时间不早了，几个女生就搀着两个死不承认醉了的疯丫头，脚下画着龙回到了宿舍，并且还跟这两个醉鬼约好都不洗澡。

"男神"在微信群里说，我们走后，胖子喝着酒哭了，特别伤心地哭，出了酒吧还跑了个50米冲刺，他们追都追不上。我知道胖子心里难过，按他自己的话说，他是个理想主义者，渴望人人平等，然而最先打破理想的没想到还是他自己。毕业了，只能选择做自己不喜欢的事。

海哥那天也醉得很快，这半年，为了目标，他咬着牙坚持下来，嘴上没说一句辛苦，但大家都看在眼里。而我很想做个糊涂人，可惜时刻清醒着，将大家的喜怒哀乐都看在眼里。

过去的我们想象着毕业那年学有所成，工作理想，还有完美的毕业旅行。再不济，我们这群人还是在一起。然而当下坐在昏暗的酒桌边，被北岛说中了："杯子碰到一起，都是梦想破碎的声音。"

其实那天大家话都不多，没有信誓旦旦十年后来相会，更没有豪言壮语我们的未来会变得怎样，因为经过这四年的一场久战，我们都明白了没有什么好约定的，未来谁都做不了主。

有回家的、读研的、去深圳的，总之，留在广州的不多。

才明白，当真正意识到某些东西已成为必然的时候，你哭不出来，也闹腾不动，能做的只是波澜不惊地珍重这些人、事、物，然后在最后时刻撒手，心有不甘地吐出一句："再见。"

人们常说回不去的是家乡，在毕业的那一刻才发觉，其实真正回不去的是我们曾停留的地方——我们睡过的大马路，看过的日出，吃喝吵闹过的老街，还有一起熬夜复习的宿舍和追赶上课铃的校园。

"春天的花开秋天的风"，打死也不愿相信我居然就毕业了，还清楚地记得大学第一次班会竞选班委，自告奋勇地当了体育委员。然而如今，一不留神就换来一句："谢谢阿姨！"

如今，好友阿六还是说着那句"我们要住一起，像《爱情公寓》那样"。

只是连她自己都在担心，喜欢深圳的她还是要离开广州。而我可能也放不下心心念念的北京。

某天主编布莱克问："你们毕业了会留在广州吗？"许久没有人回答。我看了看身边的Ninety，她低头抿着嘴。编辑们也欲言又止，谁也不敢认真看对方。

后来，编辑王子越小声地挤出三个字："回北方。"而这本书出现在你们面前时，她已经在北京的单位附近租好了房子，开始打拼了。

拍毕业照我叫的朋友一个都没来，你还来吗

WhatYouNeed编辑部

又到了一年一度的毕业季，朋友圈里到处都是合照留念的邀约，校园里也遍布披着学士服的毕业生，有的人拿着一束束的花，有的人两手空空。

我想起一年前我答应了师姐拍毕业照的那个邀约。

他们都没来，你还来吗

那天天气很冷，雨天，雨势还算大。在路上，总能看到毕业的师姐们提着高跟鞋在雨中狼狈地步履匆匆。

滂沱的大雨不断延误着拍毕业照的时间，也有很多的人滞留在了图书馆。

接近十二点的时候，我的电话响起了。她说："下大雨，我叫的朋友一个都没有来，你还来吗？"

"我去。"我毫不犹豫地回答了。

其实十二点我就要去做兼职了,正想打电话跟学姐说我去不了。但是不知道为什么,听到了那段话后,我觉得,无论如何,我都要去。

到现场后,我看见学姐在一个角落里和她的父母拍照。除了她父母以外,一个外人都没有。

直到现在,我还深刻记得那个场景。

我认识一个学生组织的主席,他算是那种一直活在人群里的干部吧。平时只要他喊上一句,大家就会围着他。

一连三年,他都待在同一个部门,从学院的公关部小干事走到干练的部长,接着是凶悍严肃的主席,照看着部门的大小琐事。

无论他再叱咤风云,还是要离开这个学校,临近毕业,他开始静心准备拍毕业照。

然而,在他还没有发短信也没有发朋友圈时,一个自发组成的涵盖公关部三届干事、部长级以及前辈们的微信群悄然诞生。

在群主最后将他拉进那个群里,告诉他所有人当天都会到场的时候,大概是他此生在大学里最珍贵的一刻吧。

我还有一个朋友也是这样的人。他的微信好友超过2000,每次发朋友圈,即使只是一张忧郁的自拍,都有成吨的人点赞,外加千百条评论,他忙得像个社会人士。

他的身边充斥着很多友谊和人际关系,而拍毕业照那天,他一个朋友也没有邀请。他没有告诉任何人,也没有发朋友圈,甚至没有叫上父母,我问他:"不是说这是人生中最重要的时刻吗?"

他只说:"何必呢?那么多人来,我都照顾不过来。只想安静地拍个大合照,证明自己存在过就好了。"

最惨的大概是那些根本没有出现在毕业大合照上的人了吧。

我记得一个师兄，他很威风地读了双学位，成绩优异，受万千师弟师妹敬仰。而在他拍大学毕业照的那一天，恰好是另一个学位的期末考，他没有办法脱身。在这样的情况下，两年双学位学习的成果似乎比出现在那张合照上更加重要一些。

所以，他没有出现在班级大合照里，学院的千人合照里也无法找到他的身影。

当他考完试，拿起学士服匆匆忙忙向校门跑去的时候，大家早已散去，只留下空空的几排铁架和散落一地零碎的玫瑰花瓣，架子底下还有某个"大头虾"狂欢后漏掉的学士帽。

他就这样"蒸发"了，在这个待了四年的地方。

不只是个人，班级的感情也看得出来

不单单是个人，其实那个班级的感情如何，也能在那一天看出来。

有的班其乐融融，全班一起买了统一的服装，水手服、护士装和民国风等等；有的班充满创意，在拍照时举起了搞笑的横幅，上面写着"××大学你×了我的青春"之类的诳语，而横幅底下穿着整齐的人儿都露出了开怀的笑容和雪白的大腿。

我有一个朋友的班级，便是这样融洽的班集体。拍毕业照那天，他们全班的男同学都被套上了演白天鹅的超短裙，纯白而又美丽，大家在一个美好的湖边摆着各种妖娆的姿势，大家都笑得那么灿烂。

当天晚上，他的朋友圈里出现了白天拍摄的众多艳照。而那段展开的长长文字里，是他要感谢的每一个人和大学四年来的感想。

而我在学生会认识的一个师兄，拍完毕业集体照的时候，穿着学士服形单影只地走在校道上。他见到我很兴奋："好久不见啊。来，哥我毕业了，我们来张自拍吧。"

"你班上的人呢？"

"都散啦，没什么好拍的，我准备回宿舍去了。四年过去，其实我连班里的人名字都喊不全。"

四年来，我们班最熟的就是那一天

拍毕业照那一天，我们班的同学早早围在学校门口，各自与相熟的同学讨论如何打领带。

一位女同学慌张地问她室友，这样打是不是很像红领巾。我走过去跟她说："我来帮你吧。"

那是我们四年来说的第一句话。我见到她的脸红了一下，然后挽起自己的头发，露出了脖颈儿与红领巾，不，是红领带。我一边帮她打，一边示意她留心看。

然后原本陌生的我们竟然聊了起来，聊了毕业实习，聊了要去哪里发展。周围有几个女同学看我领带打得熟练，也走过来边聊边学。

终于要拍毕业照了，很多同学都跟家人和朋友在学校门口"凹"造型，我心里感慨这么快四年就过去了。无意间和身边的同学对上眼神，不知为何我们都微笑了起来，走上前不约而同地说："来来来，我要跟你拍照。"

拍完后，我们相互道了句："毕业快乐！前程锦绣！"

接着，我和一位路过的同学相视一笑后，又开始了刚才的对话。事实上，和我合照的这些同学里，在这四年大学里，大部分只是打过招呼，甚至有些一句话也没说过。但就在那一天，我们突然变得好像认识了很多年的样子。

我们只要一个眼神，就能意会对方的意思。四年里说过的话加起来还没有那一天说的多。

也许是等到最后一天，大家才把想说的话都说出来了吧。我们好像做了四年的好友，真诚地为对方送上最好的祝福。

"我要跟你拍照，苟富贵，勿相忘。"我搭着几个过来找我的同学的肩，说了很多道别、不舍的说话。

大家有说有笑，好像我们四年来感情都这么好。

不过，我的毕业照千万别来，我没钱请你们吃饭。

编 辑 记 事

不管怎样，

这就是

20岁的我们

编辑记事

一

主编按

这本书之所以存在，是因为我无意中把几个人聚集到了一起，做了一些略显愚蠢的事。这些事大多已经过去挺久了，以至于现在回头看，好多都已经有些陌生。

时常，我会在 WhatYouNeed 的后台看到读者们的留言："喜欢你们的文字，好像讲的恰好是我自己的故事。"我想这就是我们把大家聚集到一起的原因。我们的故事，恰好也是你们的故事。

在这本书"编辑记事"这个部分，你可以看到一路走过来我们内心里的一些真实想法。

那这篇记事就从我们自己的大学讲起。

我的大学生活，就这样糟糕地开始了
2012年9月，老汤姆

拿到录取通知书的那天晚上，我加入了暨南大学的新生群。

被各种表情包轰炸后，我认识了两个老乡——Blake 和 Joker。更让人兴奋的是，我们竟然都是读金融的。在那个炎热的暑假里，还未入学，我们就已经在 QQ 上商量要买什么样的洗衣机了。

开学那一天，我的老爸老妈一起开车送我"进城"。他们想去海心沙，于是，我就决定拜托"网友"Joker 帮忙占床位。

结果我们从海心沙回来，来到宿舍时，传说中的"金陵三栋"立刻就把我的行李吓掉了。和爸妈慢慢走到我们的宿舍 203 号房，打开门就看到 Joker 两手一摊，说道："来不及了，只剩厕所门前的那个床位了。"

我观察了一下，这间宿舍是六人间，左边是三张双层床，右边则是并列的六张书桌和衣柜。柜子都很旧了，动一动，就有一些成片的浅蓝色漆皮掉下来。

在中间那张床上，有一个穿着格子衫的男生正在上铺挂蚊帐。直觉告诉我，那就是 Blake 了，一双浮夸的橙色袜子暗示着，他似乎是个不一般的人。

我收拾好行李，倒在了我那张充满厕所氨味的下铺。我的大学，好像就这样糟糕地开始了。

一

不那么糟糕的是，我们和舍友的"女朋友"Vivian 成为了好哥们儿。

开学还没有多久，班上就传出了绯闻，说我们宿舍里的一个广州小伙和班上的奇女子 Vivian 在一起了，然而在不到一天后，他们就因为"价值观不同"而分手了。我和 Blake 十分惊讶，连发生在自己寝室里的八卦都没有察觉到。

不过，室友的短暂恋情并没有阻碍我们和 Vivian 成为好朋友。

我们注意到 Vivian，除了因为班上的绯闻，还有一些特别的原因，那就是她的黄色丝袜。她后来告诉我们，那是因为她第一次来广州这种大城市，觉得打扮得炫酷一点才能叫因为"潮流"。"当时的做法是有点极端。"她这样形容大一刚刚入学的自己。

现在回忆起来，我们靠近她，可能也是为了可以狠狠地吐槽她亮得辣眼睛的七彩丝袜。可是Vivian丝毫没有要躲避我们的吐槽攻击，在互黑之中我们的友谊似乎越来越牢固。Vivian还会常常买了菜就奔向我们宿舍，和我们一起在狭窄的宿舍里做饭打火锅。

后来，我们常常在上课的时候坐成一排，叽叽喳喳地聊班上和学院里的八卦爱情故事，成为了好哥们儿。

一

大一结束那个暑假，我无意中看到了学院的橱窗公布的"美国大学暑期交换项目"，海报里那些阳光明媚的校园照片和充满活力的学生面孔，让我头脑一热，就拨通了爸爸的电话。

爸爸倒也干脆，说了一句"年轻人出去看看外面的世界也好"，就答应了。我把项目告诉了Blake和Joker，他们也决定了要去，让我觉得很开心。

参加项目前我们要进行面试，那次面试是我第一次看见Crown。

他那时候还很瘦，穿得很潮，踏着一对深绿色蟒蛇皮Nike Air Force 1，认真地玩着一台巨型诺基亚Lumia，看起来像是有很多业务要谈。

进门后，他直奔最深处的那张沙发，坐下后，神情严肃地玩起了手机。我则继续在心里默默冷笑："这个人用诺基亚，又造作，好像一个商务人士。"

幸运的是，我们四个人都顺利地通过了考核，正式参加了这个项目。

一

到美国后，我们一起住进了辛辛那提大学里的一栋漂亮小别墅。

进宿舍打开洗手间门的那一瞬间，住惯了残酷六人间的我们四个已经忍不住惊呼："竟然有两个洗手台。"那里的环境比我们学校好太多了。盯着洗手间的那面巨大镜子，我们一边回忆糟糕的宿舍，一边忍不住在厕所自拍起来。

很久以后，我才发现，这种心照不宣的自拍传统一直延续到了现在的 WhatYouNeed。大大小小的聚会上，自拍都是我们最神圣和重要的仪式。

但是，真正把这种传统发扬光大的是 Crown。如果你胆敢把手机借给他，不过半小时，你的手机就有可能存满他的自拍而导致容量不足。

二

辛辛那提大学坐落在城市的郊区，所以，我们一直想去闹市看看。

一个周五的上午，课程结束后，我们稍微打扮一下便成群结队地坐上公交车出发了。大部分人的着装，都是短裤、短袖和一顶棒球帽。早上的天气有点凉，有些人套了一件不拉链的卫衣，但也有人穿着人字拖。

我们嘻嘻哈哈地在商场里穿梭，大声说笑。到了饭点，我问大家："吃什么好？"刚说完，我就在转角看到了街边的一家西餐厅。餐厅的招牌考究，大概不会很便宜。

大家心有灵犀地说："走，就去那家。"

我走在最前面，用力一推玻璃门，门框上挂着的铃铛被撞得叮当响。一个打扮精致的店员笑嘻嘻地说："Welcome!"进了店，我们却忽然定住了，不敢往前走，因为店里的所有人不是西装革履就是长裙加身。大部分人都在优雅地喝着手中的红酒，悠扬的爵士乐回荡在餐厅里。

餐厅特别安静，那时候我觉得店里的所有人都看着我们，于是我们准备扭头就走。"天哪，太丢人了。"我们当中有的女生开玩笑地说。那晚，我才知道，原来外国人在街上那么随意，而在西餐厅里是那么有仪式感。

我们在辛辛那提还一起经历过很多特别的事，包括参观各种公司。

让我印象最深刻的是一家叫CINTAS的公司。在一个又晒又热的中午，我们来到了这个把清洁厕所业务做到了极致的公司参观，那时候，刚好他们的全球副总裁从中国回来。

他自信地站在会议室里，接待了西装革履的我们，然后开始讲解："我们公司的所有车都是纯白色的，在美国随处可见。但特别的是，每天早上，我们都会要求司机把车清理得一尘不染。"

有趣的是，他们发明了一种手推车，能让一间公厕在十五分钟内变得干净，地上没有一滴水。而清洗厕所的工人不需要用手触碰到厕所里的任何脏东西，就可以很有尊严地完成清洗厕所的工作。"现在，我们有了其他很多业务和产品，仓库和厂房占地，已经超过了几个大学的面积。"副总裁自信地说。

让我触动最深的便是"有尊严"这三个字，他们尊重员工，努力让"洗厕所"这样一件听起来非常不堪的工作变得优雅。

"坚持做一件简单的事，把这件事做到极致，并在恰当的时候保持仪式感"，大概是我们在这趟旅程学到的最简单又最难做到的道理。

那些奇奇怪怪的想法
2014年3月，老汤姆

实际上，在大学的许多时光里，我们都在尝试各种奇怪的想法。

那时候，我有一个异地的女朋友。我和她老是吵架，只能变着法子哄她。有一次，我想到一个办法，那就是买颜料在白T恤上画画送给她。这个方法似乎很奏效，因为我画得还不错。

因为和Blake一个宿舍，我画画的时候，他路过总会看上几眼。有一天，我们又讨论起了这个事情，于是就有了一个想法：买100件白T恤回来，由我亲自画，然后我们一起开个网店。

上课下课，我们常常讨论这个计划，幻想着做大以后能组织美术学院的学生来手绘，然后就能够赚到大学的第一桶金了。我们还像煞有其事地买了一本账本，进了12件白T恤，采购了防水颜料。刚刚上过两节《会计学原理》的我们，正儿八经地在账本上写着："资本，2000元，每人出了一千块。"还记录了，"存货，12件衣服。"

在准备好这一切之后，我趴在宿舍的地板上画了三件衣服，累得两眼冒金星。结果根本没有人要买，最后全当礼物白送给别人了。不用想也知道，这个伟大的计划，就这样不了了之。

账本找不到了，剩下的几件白衣服在宿舍的床底积灰尘。

2014年的3月10日是普通的一天。

这天下午，我习惯性地迟到，浑浑噩噩地走进教室，坐到了Blake的旁边。这是靠近讲台的第二排左边第二个位置，微微将头往右转，透过窗就能看到学校大门。

突然发现，Blake在一本本子上很认真地写写画画。我以为他一改常态开始认真听课做笔记，然而，并没有，我看到的是一堆和课本无关的内容。

过了第一节课，教授刺耳的讲课声并没有让我保持清醒，我即将坐着进入梦乡时，Blake突然把本子挪到了我的面前，说了一句话："我觉得我们能创造一个品牌。"我拍拍脸清醒了一下意识，问他："什么？你在说什么？"

于是他开始进入认真模式。

他说："我之前在无印良品买了一个垫子，买了之后我觉得很幸福。我在想，或许很多人并不知道他们自己真正需要什么，我们可以让他们知道自己想要什么。

"要不我们就做一个品牌叫作WhatYouNeed吧，专门提供人们心底里需要的东西。第一个产品就是'坐垫'，口号就叫'Treat Your Ass Well！'。我们还可以做其他很多事………"

可是这时，我脑海里挥之不去的是床底堆着的那十多件积满灰尘的白T恤。

于是，为了"卖垫子"和创造一个品牌，我们申请了个公众号。在当天的课堂上，我们在平台发送了第一句话："Hello！I am WhatYouNeed！"

当然，没有人理我们，因为只有两个粉丝，自己调戏自己。

时间呼地一下过去了一周，我们去批发市场看货，逼迫宿舍里的人关注我们新开的公众号，粉丝数量迅速上涨到10个。

不过，我们最终并没有成为"卖垫子"的商人。

一

开了WhatYouNeed这个微信公众号之后，我们讨论，觉得如果直接推垫子肯定不会有人关注，应该先让大家认识我们。

于是，我们就确立了另一个目标——WhatYouNeed要当暨南大学里最好玩的公众号。为了达到这个目标，我们决定举办第一个活动——"荧光之夜"。

当然，上面所说的"我们"，也就只有Blake和我两个人。

说起这个活动，其实有一个契机，这并不是我们一开办公众号就马上想做的事情。

当时，作为一个身在学生会的有志青年，我想要积极表现，然后爬上院会主席的"宝座"。于是，我头脑一热便向学院老师递交了一份洋洋洒洒几千字观念极其传统的《健康长跑十公里》的活动策划书。

老师很是欣赏，把我喊到办公室去好生表扬了一番后说："年轻人，那你就好好把这个活动给落实了吧，有什么需求向老师提。"得到了老师的赞许，似乎才是噩梦的开始。策划书里的理想很丰满，而想要实现起来并没有那么简单。

那时候，正是"Color Run"风靡大陆的时候，各个城市的青年们挤破脑袋也想参与到那个标榜着健康又能彰显身份的活动中去。于是，我也想要把这场跑步活动办成那样青春有活力的样子，让学校里的同学们都很愿意参加，而不是像从前高中的强制性拉练那样，每个人都不情愿，还要大喊"挑战自我，突破极限"的傻瓜口号。

可是，我们买不起那么多的彩色玉米粉，也并没有办法办一场声势浩大的彩色跑。

"能不能把跑步活动开在晚上，我们不用颜料，用荧光棒。荧光棒多便宜呀。"Blake 的高中同学在电话中提到了解决办法。Blake 和我讨论之后，就决定买 3000 支荧光棒，办一个叫"荧光之夜 JNU Friday"的活动。而刚好我们注册了公众号，就用了 WhatYouNeed 这个平台来宣传。

最终，这个活动办得很成功。那天晚上暨南大学操场的热闹，我再也没有在大学里见过。有一些组团来的人，在拿到荧光棒之后，自发地在地上摆起代表自己的图案。整个操场上，都是那种美好的荧光色。

看着那么多人因为我们来到这里，我静静站在操场上，一边听着那首 Any Thing Could Happen，一边想，我们或许真的可以实现很多不可能的事。

往前翻到我们最初的那几篇文章，总结荧光跑的那篇短短的文章静静地躺在文库里，印象最深刻的一句是：

"今晚有将近一千人参与了活动，这大大超出了工作人员的预计。有不少人好奇为什么要举办这个活动。其实，我们是为了创造一个特别的夜晚，用荧光，鼓励他们以热情对待健康、朋友以及大学生活。"

就像那位同学说的一样,我们最后的期待是"没有了荧光,跑步依然继续"。

"生活可能总是不能避免黑暗,但是作为暨南人,我们可以一起掰亮心中的荧光棒。"

做过太多失败的事,想找到一件可以认真做的事
2014年10月,Blake

我们四个人从美国回来之后,经常在一起玩。可能是因为在国外没有玩够吧,一有时间,我们就会探讨可以做什么有趣的事。

那时,不清楚是什么原因,Crown接手了一个名字叫"青年会计社"的社团。当上社长之后,他满怀信心地觉得社团一定会越做越好,然后就邀请了我和Tom一起加入,他担任副社长。

接手社团后的第一个学期,Crown就带领我们按照其他成熟社团的运作模式,在各种渠道宣传,"哄骗"了三十多个社员交了会费,入了社团。

然而,在我们举办了一场策划了两周的会计培训活动后,才真正意识到,"会计"这个性冷淡的主题是无法让大家开心又兴奋地参与的,这个职业本来也不需要这样的人。

所以,在举办活动的教室里,除了社员们拿出笔记本记笔记那部分,其余时间,大家都像无聊的雕塑一样盯着讲台上分享的师兄师姐。

在大学里,虽然我加入了好几个社团,但是真正参与到决定它生死的决策,还是第一次。在缺乏经验和趣味的情况下,我们决定冷处理会计社,最终,它被

社联移出了学校官方注册社团的名册，QQ群里也再没有人讲话。

我们是国际学院的学生，专业都是全英授课的。偶然间，我接触到了英语辩论这个有趣的领域。一个同班的女生提议，不如就一起注册一个辩论社吧，我们一起把它做起来。

那时候，我们学校的本部校区还没有这样的一个社团。热烈地想做一番事的我，马上就和她申请成立了校本部英语辩论社，想在学校推广英辩文化。

这个社团具有先天优势，一来是很实用，容易引起女生的关注，二来是它的辩论元素，让参加社团活动就像参加撕×大赛一样精彩。

社团发起时，我们做了很多宣传，结果很快就引来了二十个人。随后，我们按照每两周举办一次辩论的频率组织活动，也开始参加各种比赛，在一些比赛中拿了奖。

在经营这两个社团的时间里，我们恰好注册了WhatYouNeed这个公众号，开始在上面写东西、办活动。

然而，就在WhatYouNeed越做越好的时候，恰好就是这两个社团越来越衰落的时候。因为管理层越来越忙，英语辩论社越来越少组织活动，最后也销声匿迹了。

我们就这样告别了两个社团。

说回"荧光之夜"这个活动吧，它给我的最大感触就是我们其实可以做更多不可思议的事情。因为，我们的生活真的太无聊，学校每年都在举办重复的活动，而所谓的为学生发声的媒体都在写一些不痛不痒、自嗨又让人反感的文章。

在举办第一场活动之后，我们开始马不停蹄地寻找我们可以做的下一件事。印象深刻的是，那时身边的很多人开始讨论我们学校要搬校区的事情。

暨南大学的广州本部很靠近天河区的CBD，然而，传闻中的新校区处于需要40分钟车程的郊区。听到这个消息，许多人在朋友圈感叹美好的生活就要结束，都在周围打听到底什么学院、哪个年级才需要搬过去。

一天，我们上完早课，也讨论起了这件事。我们越聊越兴奋。突然，Tom说了一句："不如我们写这件事？"我转念一想，现在那么多人讨论，如果我们真的认真去调查一遍，一定会有很多人关注。

我问了问正在玩游戏的 Joker，他说，既然那么无聊，就一起去吧。与此同时，Tom 已经开始直接采访老师，询问关于学校的消息了。

出发之前，我们已经采访到了不少素材。

我去借了一部相机，等待着我们真正意义的第一次现场报道。

坐了几十分钟地铁后，Tom、Joker 和我终于在一个名字叫"新造"的地铁站下车。走上楼梯，环视四周，我们以为自己走错了地方：杂草丛生的环境以及旧旧的民房包围着这里，不远的地方，有一排撑着遮阳伞的摩托车，一些晒得黝黑的男人正坐在上面乘凉。

这些人看到我们几个学生走出来，就冲过来问我们去哪里。为了省钱，简单周旋后，我艰难地挪动身姿和他们挤上了同一辆摩托车，就摇摇晃晃地向校区工地蠕动了。在摩托车上，我们依旧不忘拍了一张自拍。

记得那时候已经是 4 月份了，到了 7 月份，那里就会进驻第一批新生。然而，我们举起相机才发现，那里的很多楼都没有建好，马路也都还没有铺沥青。那天又晒又热，工地上的尘土特别多，我们认真走了一遍校区，拍摄了校区的各个角落，就满足地回学校了。

回到学校，我们用最快的速度以"奇怪报社"的名义写了一篇文字："【独家头条】暨南大学番禺新校区：你是第一代'拓荒牛'吗？"当天晚上就发了出来。

文章的开头，我们署名了自己的名字：

"实习记者：汤姆、布莱克、小丑。"

如果说宣传"荧光之夜"的那篇 4000 阅读量的文字让我们真正踏出了第一步，那这篇"拓荒牛"的报道则让我们真正引起了关注。

最后，超过 15000 的阅读量、占据了朋友圈的这篇文字，让我们几个"实习记者"明白，新媒体的力量远远不只是办一个活动或者卖一样产品，还可以做更多有意义的事情。

这件事之后，我们又在学校办了一个叫作"早起革命"的活动，号召500人和我们一起坚持早起21天，养成习惯。

这三件事过后，我们终于积累了自己的1000个读者。

我常常打开后台看着这个数字，静静发呆。我很开心，觉得自己至少给暨大带来了一点点不一样的东西。

A2栋公寓2101房
2015年4月，老汤姆

到了大三上学期，我们已经在学校招了许多作者，越来越像学校里的一个小社团了。

要继续往前走，我们这个"小报社"就得每周开个例会碰碰面，讲讲下一周的计划，再说说未来的愿景。

但是由于我们是个非官方小团体，在学校里聚头没有固定的场所，只能靠运气抢到一些公共的桌子椅子什么的。

环境优美，但是竞争激烈且蚊子超级多的奢华管理学院大楼里架空层走廊处的那几张沙发是我们的首要选择；充满异国风情的国际学院公用活动室是我们的第二选择，但是总是需要跟热爱舞蹈的印度人争夺；最后一个较为优雅的选择是我在学生会主席团工作时的办公室，但是那里较为狭窄，人多了也并不舒服。

然而，就算是在这样艰苦的境遇下，我们还是坚持了好些日子。

终于，在 2015 年的 4 月，Blake 认真地和我说："不行，这样下去不是办法，我们需要一个固定的办公场所。"

我说："哪儿找？"

Blake："租啊，我们明天开始看房。"

"哪儿来那么多钱啊？"我边冷笑边说。

"看看又不用钱。"于是我们开始了一段开心的看房之旅。

游走了许多写字楼之后，我们找到了现在的这个工作室，广州马场附近一幢写字楼的 A2 栋公寓 21 层的 1 号房（2101），面积不大，但是我们很喜欢。有开放式的厨房和两间小卧室，很温馨。最重要的是，这套小公寓足够我们几个吊儿郎当的家伙用了。

咬着牙签约的时候，我们认真地看了看上面的条款，加上每月的物业管理费和水电费，一个月似乎要花上万元在租金上，我们把心一横，签了一年。

把合同签完递给房东时，Blake 转头对我们几个说："哎，我可是签了合同了，以后每个月固定要扔掉一万多块了，我们从今天开始，每个月的目标就是把租金给挣回来。"我们在一旁认真地点头。

从此，我们开始了疯狂开会的日子，每天都是头脑风暴，每一个决定都会影响我们能走多远。

可是，铁人也难以支撑这样的强度，最辛酸的是，每个月都在花钱，却一点收入都没有。

在一个月黑风高的晚上，我向几位创始人撒了谎："我在学生会那边有事要忙，今晚不过去开会了。"然后再向学生会的主席们撒谎："工作室那边有事走不开，晚上就不参加例会了。"而实际上是我为两面撒谎的自己安排了一个约会，约了以为刚认识的师妹去影院看电影。

结果，刚刚吃完饭准备往工作室走的 Crown 发现了我在电影院门前取票的身影。

我看完电影回到工作室，Joker 依旧是那副嬉皮笑脸的样子，咧着嘴笑我："只记得泡妞，不记得干活儿。"Vivian 和 Blake 坐在会议室的角落里没有说话，大概是对我失望透了。Crown 直接和我说："阿拓，我们几个都很认真，你却骗我们。"

"我没有不认真，我只是想休息一下。"我拼命为自己辩解，可似乎并没有什么说服力。

从那晚开始，我感受到了大家的认真，也知道了什么叫"上了贼船就下不来"。

也是从那晚开始，我开始认真地把 WhatYouNeed 当作自己的事业。

有一段时间，我忙着保研的事情，准备了一份讲究的讲稿，做了一个自以为很漂亮的 PPT。

选拔的那天下午，我走上了保研面试答辩的讲台，讲述了自己在大学做过的事情，我幽默的讲话方式让老师在台下大笑。一个女老师对我说："你有那么多想法，干吗要浪费时间读研？"我在台上哑口无言。

离开教室，我给妈妈发了条微信，说面试结束了。她告诉我："不强求，随缘不随意。"

而在上台的前一天晚上，我差点连站在台上的机会都没有。

9月6日，是主编的生日。下班后，包括我在内的八个在珠江新城实习的编辑直奔主编家里，给他庆生。

似乎我们很久没有大吃一顿，很久没有抛掉一切看场电影了，每天都白天上班，晚上写稿。吃饱喝足后，我们看了一部恐怖片。看完电影已经十一点多了，我们带着醉意互相搀扶着走进了电梯。

在欢声笑语中，头顶的一声巨响让我们全部肃静，顿时酒醒。我们互相看到对方满身的灰，才知道电梯出事了，但是它还在下降，下降了六层后停住了，悬在26楼和25楼之间。我们全部半蹲，想着即使现在掉下一楼去也不至于震碎自己。

那一刻我只在想："每天忙前忙后的有什么意义，那条命可以一下子就被攥走。"

走出电梯，我立刻打电话给在乎的人。但到最后，我还是不敢打给妈妈，怕她担心。

看着我的腿在抖，编辑 Pisces 却淡淡地说了一句："汶川地震的时候我是最后一个离开教室的。"我肃然起敬。

电梯出问题时，Blake 从逃生楼梯跑下来，把物业电梯维修的工人都喊到了出事的楼层，在门外和我们讲话，叫我们不要害怕。电梯门被撬开，我们一个一个爬出去，有惊无险。

田心拿出手机给我们看刚刚在电梯里的自拍，照片里面的我们全部半蹲着撑着出事电梯的墙壁，强颜欢笑着拍了一张自拍。

Blake 哭笑不得地说："下次坐电梯，记得分开坐，要不以后 WhatYouNeed 怎么办？"

乐观或许就是我们一直坚持的生活态度吧。新的编辑高速公鹿说："在后台回复读者已经变成了我日常生活的一部分，有些时候会回到一两点，即使在断断续续的网速下依旧坚持不懈。"

我没有问她为什么，大概是因为关注着我们的你吧。

和喜欢的人去一片陌生的海

2015年11月2日，Ninety

2015 年的时候我们终于完成了常常挂在嘴边的那句话——"一起去旅行"。

那是 10 月末的旅行，它是天蝎座的，热情而深沉。

我有一个人生信条，一定要和喜欢的人去一次海边。要去一片陌生的海，在那个陌生的地方偷藏一段热泪盈眶的回忆。

在 2015 年的尾巴，我还没有找到喜欢的人，编辑部的编辑们也没有。于是我们彼此嫌弃着、将就着一起去了海边。事实上，编辑部的故事大多如此，我们一边彼此嫌厌"怎么又和你们一起啊"，一边又共同去了很多地方，看了很多风景，完成了很多事。

海边的旅行是 10 月末的旅行，天蝎座的，热情而深沉。

很不幸地，通往海边的公路在修补，坑坑洼洼，我们坐的小中巴走走停停，摇摇晃晃开了六个小时才到海边，以至于当晚当 Blake 的爸爸开着奔驰来接我们去酒店时，我们都真的热泪盈眶了。我人生第一次产生了"奔驰真舒服啊""以后要买奔驰"之类的想法。那是很特别的海滩，会有高大的牛群从沙滩上经过。我们在沙滩上躺着休息，会突然听到"哞哞"的牛叫，回头一看，一头壮实的黄牛正盯着你看，目光很温驯，还有一点好奇。如果你对它保持善意的微笑，它甚至会试着走近一点，俯身嗅一嗅你插在耳边的鸡蛋花。

男生们一点也不觉累，精力充沛地把每一个人都丢到海里去。背脊拍打水面的声音发出巨声，"嗵"，又一个人被扔下水，听着都觉得疼。

玩累了，我们就到阳伞下休息。不知是谁带了一整箱很甜的橘子，Vivian 仔细地剥着橘子，自然地将剥好的橘子分给所有人。Crown 那时候就已经显出了中年的样子，挺着个大肚子，还有双下巴，像《名侦探柯南》里的阿笠博士全身湿透地从远处走来，他新配的眼镜被一个浪花打到了远方，他有点哀怨："接下来你们一定要扶着我走，我看不清了，好模糊。"

"好好好，知道啦。"Vivian 把一瓣橘子塞到了他的嘴里，堵住了他絮絮叨叨的话头。

两天一夜，让人着迷的旅途很快就结束了，我们赶在夕阳落山前启程回花城。中途一些人去小卖部买回程路上需要的零食和水，我们在车上等他们。

过儿是团队的设计师，像所有设计师那样内敛与寡言，从来不属于会说有趣话的那一拨人。去买零食的人迟迟不回来，夕阳把路边的野草与石头照得发亮，他望着窗外，喃喃自语："这样坐下去好像会到永恒啊，真想这样一直到永恒。"这是整个旅程我听到的最动人的一句话，却来自最不会说话的Pisces的一句低喃。那一刻突然很想下车，把烦恼留在车上，让司机开回广州。而我们，回到海边，吃着橘子，发着呆，海边的落日应该很美，可以美到永恒了。

很多时候都是这样，那些特意说给我们听的情话、漂亮话、场面话太多了，多到我们产生了免疫力，反而不知从哪里飘来的一句话无端地让人心动。

我们团队的人，我的朋友们，总是能偶然地说出这些让我动心的话。

隔了大半年再来看当初写的这些，很庆幸，编辑部的朋友们仍然在我的身边，我们后来又去了其他不同的海，"To do list"上又多了一项可以打勾的，和喜欢的朋友们一起在海边有了很多回忆。

希望所有人都能怀揣一颗真心遇到几个愿意为你剥橘子的朋友，然后一起制造热泪盈眶的回忆。

去他的点击率

2016年4月12日，老汤姆

前天晚上，外面飘着小雨，我撑着伞在街道上散步，从暨大附近出发，一路走到了猎德大桥。

不知道从什么时候开始，我像是上了一辆不能中途离开的列车，每天都在开会、做选题、写文章，讲话里句句不离"点击率""传播效果"和"采访对象"。

这样重复的生活，让我开始怀疑："这究竟是不是我想要的？"我拨通Blake

的电话，跟他说："我觉得这样下去没什么意思。"

良久他才回我一句："是啊，我们是时候做些改变了。"

一

前几日，主编 Blake 从他的旧电脑里翻出了的一份奇丑无比的 PPT。

那是两年前主编 Blake 在怂恿我们对"哇有你传媒帝国"（WhatYouNeed 听起来像"哇有你"）进行投资而做的《WhatYouNeed 平台发展计划》。

那时，我、Vivian、Crown 还有 Joker，一起挤在学校管理学院的二楼，半信半疑地向主编 Blake 掏出 200 块钱的"启动资金"，在那份用不成熟的语言写下的《股权协议》上签字画押。

PPT 的最后一页，躺着一句空泛的话："写最有趣的文字，办最有趣的活动，成为年轻人的聚集地，为青年人发声。"

虽然笼统，但那就是幼稚的我们创办 WhatYouNeed 的初衷，不是为了点击率、赚眼球和广告费。

"一个年轻人的聚集地"这句话，一直躺在我们文章的开头。但是，直到 Blake 捧着电脑兴奋地走到我面前打开那个 PPT 时，我才久违地开始思考这几个字背后的意义。

我突然有一种既兴奋又害怕的感觉，因为这句话的背后是一种表达的冲动。这种让人积极的冲动，在我们进入社会后，正在慢慢消退。

一

4 月中旬了，我们离毕业还有不到两个月的时间。

因为在外租了房子，我和Blake都没有再回过那个阴暗潮湿的小宿舍。前天，学校教务处要求我们提交毕业申请，可只有用校内网才能登录到系统里。

于是那晚下班后，Blake往宿舍跑了一趟。

我恰好外出办点事，在打车回家的路上收到了Blake发给我的一张照片，拍的是宿舍里我的那张书桌旁边的一面白墙。照片里的墙上是几行我大一入学时刻下的字，内容是高中时开始交往的那个女朋友的收信地址。

Blake刚发完照片，紧接着就发来无比讽刺的一句："哈哈，你还记得当时的你吗？"

这就像在逼问我："还记得你的山盟海誓吗？"

我怎么可能会不记得。

坐在那张又窄又旧的书桌前，我经历了在大学里最开心的、最难过的、最好奇的、最失望的所有事情，其中印象最深的当然是爱情。

从每个周末开心地收拾行李去珠海约会，到每晚两个小时的电话隔空争吵，那时我以为，一生一世就这一个女人，以为大学四年里我只需要记住这一个地址。

她伤心难过时，我变着法子哄她开心。有一次，我买来颜料和白色T恤，为她画最特别的卡通衣服，别的舍友都说我浪费时间，Blake却总在旁边看着我画。

我问Blake，他以前看我在宿舍里把这些傻×公仔画到白T恤上时，是怎么看我的。他说："我看到你的心里充满希望和灵感。"我隔着屏幕冷笑了一声，然后给他回了个笑脸。

一

可惜，现实总是那么健忘，大学不只有那一个地址。人的初衷也总会渐渐被遗忘，然后改变。

从第一次登入教务系统去抢课，到现在跑回宿舍蹭校内网申请毕业，整整四年的时间里，我的大学就这样一步一步走完了，走出了一种不知用什么语言来表达的形状。

而我曾经那幼稚的希望和灵感到底是被大学的哪个部位磨得一干二净？

什么都阻止不了时间的前进，一些东西在消逝，而又有一些东西在心里扎根。

很多时候，我真的很想把自己经历过的大学完整地记录下来，因为这很可能也是很多人即将要走的或者是已经走完的一段路。

一

其实，WhatYouNeed 能出现和成长在这样一个喧闹的新媒体时代，我觉得真的很幸运。

两年来，我们从这个时代里学会了很多。我们逐渐懂得了用怎样的标题来吸引大家点开推送，擅长于通过文词的调度激发读者转发的欲望，更试探到文章的长度应该在何时适可而止。

可是我们也渐渐发现，这同样是个不太好的时代。每天短短两三千字的篇幅承载不了生活本身的厚重和漫长，你们每天看到的，也不过我们生活的百分之一，甚至更少；很多想要表达的东西，都因为阅读量和传播度而不得不删去。

3月份，过完年从家里回到广州，一个出版社找到了我们。当我们终于可以做一件无关"点击率"和"传播度"的事情时，我发现我重新找回了那种兴奋。因为窝在宿舍里写的那些以为只有自己才在乎的文字，终于得到了一些人的认可。

很多人都在批评中国的大学生浮于表面，为生活中那些琐碎的小情绪而喋喋不休。如果只有寥寥几个人这样，我们或许可以视而不见。可如果越来越多的青年人谈论很多却做的很少，那么，一定是有什么更深的地方出了问题。

杨绛先生曾对学生说,"你的问题主要在于想的太多而读书太少"。我们很幸运地获得你们的青睐,可以在这样一个价值多元的社会发出一些自己的声音。

我们知道人生的问题那么纷繁芜杂,我们无法一一去给你们也许连我们自己都找不到的答案。但正因为你们在这里,我们才有勇气发出与这个新媒体时代不和谐的低音。

这大概也是毕业前我们会认真去做的最后一件有意思的事情了。成功不必在我,但功利必不唐捐。不如就把这本书当作我们送给自己的毕业礼物吧。

这本书的内容,可能不是艰深宏大的文学作品,但一定是我们这一代人最真实的境遇和悲欢,而对处于不同年龄层的你们来说,也可能是一段回忆,又或者是预告。

全 体 编 辑 想 说 的 话

不管怎样,

这就是

20岁的我们

全体编辑想说的话

WhatYouNeed编辑部

2014年的9月，所谓的"第一批作者"被WhatYouNeed发出的一篇招新文案忽悠了进来。那时候，这个平台的关注量只有几百个，有一半是在几位合伙人的威逼下才关注的来自同一个学院的同学。

我们那时候没有工作室，也没有稿费，每周的选题会在暨南大学的管理学院召开，没有固定的开会地点，每次都是在二楼的走廊随便挑一张桌子围着坐，先到先得，有时还得和别的学校社团争抢。

可我们还是爱上了角落里的那张长沙发，因为开会的时候可以整个人陷在里头。有时候我们去晚了，占不上沙发就只能坐那些藤竹椅，夏天要忍受蚊子的叮咬，冬天要在冷风中瑟瑟发抖。

晚上睡不着的时候，我爱看后台的留言，虽不能每一条都回复，但有那么几条给我留下了很深的印象："我从来没想过，WYN会成为我每天晚上的睡前读物。""我不想把你们分享到朋友圈，因为我不喜欢和别人分享喜欢的东西。"

也看到过："你们这群傻×，我关注你就是为了来骂你。""写的文章狗屁不通，毫无逻辑，幼稚得像小学生。"

其实你们的很多留言、褒奖、批评，我们都通过后台看到了。有的会让我们觉得自己在做一件很了不起的事情，说出了你们想要表达的观点；有的却让我们质疑自己，让我们动摇继续坚持下去的信心。

可渐渐地我发现，不论我们写出来的东西有多么褒贬不一，只要还有一群像你们一样的读者在认真地读，在慢慢地因为我们而变得越来越好，我们就有理由继续坚持，我们就有信心遇到更多和你们一样支持我们的人。

刚刚开始建立这个微信平台的时候，我们口里嚷嚷的是"要成为广州暨南大学里最酷的媒体"。我们一边喊着口号，一边互相嘲笑对方说"你们发什么白日梦"。而这个白日梦，似乎已经实现了。现在，我们变得更"贪心"了，想做全国最酷的年轻人媒体。

后来，编辑部新招进来的作者终于不全是暨南大学的了，有了来自中大、华师大、广外等学校的作者，也许多一点来自不同学校的人加入，说不定就能实现这个"贪心"的牛了。实现不了也没有关系，至少我们都交了一群很有趣的来自不同地方的朋友。

所以这封给所有粉丝的信，最前面的那几位，是我们的作者，每天你都能看到他们在平台上发出的文章和观点；而后面的那几个相对陌生的名字，是我们幕后的人，每一篇推送都离不开他们的加工，每一场活动也离不开他们的策划，也许你们不认识他们几个，但他们陪着我们走过了最长的时间。

这些作者、编辑还有策划就像希腊元老院的元老们，每当我们需要他们的时候，他们都会立即出现，陪着我们度过了无数个欢乐的夜晚，也越过了无数的难关。

我们就用他们的话来结束这本书吧。

老汤姆：

我和主编布莱克住在同一个宿舍，最开始，WhatYouNeed就我们两个人。后来，我们找来同乡的Joker、同班的Vivian和在美国相识的诗人Crown，五个人组成了一个小团队。在签下第一个所谓的"股权协议"时，我们哈哈大笑，说自己要创造一个传媒帝国。

后来，我们经常做的事，就是在宿舍里慢慢地敲下自己喜欢的文字和在乎的故事，认真地将一篇篇文章配好插图，耐心地选出一首在看文章时适合聆听的音乐。

想起不久前，我问布莱克："我们几个就毕业了，这样写写文章能养活自己吗？"他久久不答话，只说："有些事要慢慢做，才知道答案。"

我的女朋友叫Carine，是一个比我高半个头的女生。有天晚上散步时，我问她："你说我会成为一个很出名的作家吗？"她问："你想吗？"我说"想啊"，她说："那就一定可以呀。"我不好意思地说："可是，我很怕大家不喜欢我写的故事，也怕日后只能成为一个穷作家，然后把你吓跑了。"她对着我挤出一张可爱脸，我也回给她一个。

从未想过，我会以文字为生，但我想认真地尝试一下。因为我不想在四十岁时感叹生活太过平庸，更不想在五十岁时苦苦追忆，半生过去却从未有值得回忆的任性时光。

我们这群生化危机迷注册了自己的文化公司，取了名字叫"阳伞文化"，就连标志也是一把红白相配的伞。成也好败也好，我们都打算认认真真地做好这一件事，即使要花一生的时间，我想我也是愿意的。

Crown：

我与主编布莱克是在飞机上认识的，当时我们一起参加了美国大学暑期交换生计划。加入WhatYouNeed，是因为Blake见当时大三的我闲得蛋疼。他当时问我是否愿意加入他的团队，据说是经营一个公众号。我心里想："你经营什么，关我蛋事，最重要的是好不好玩。"他说："我们认真做，将来到美国上市。"

一开始，因为我是他们几个创始人的师兄，然后我又是读会计的，所以我是以会计的身份被笼络进来的，由于我经常算错团队的财务数据，所以我只好去编辑部专门帮小编开脑洞。由于过分投入，把自己作为小编的潜藏技能给重启了。

印象最深的是一天晚上，我和主编还有 Vivian 坐在烤肉店，主编把一块烤肉塞进嘴里。一滴油滑过嘴角，他满足地看着我们问："我想可能要尽快做这个活动了。"我翻了十万个白眼，这个想法他已经说了七个月，还到处问别人这样做会不会很傻。我就跟他说："你现在不做，人家做了，你就更傻 ×。"于是，我们用了五天，做出了"100 杯星巴克"的活动。

听说创业要找靠谱的人做合伙人，不知道这几个人我有没有选对。不过，我还记得在美国与老师们告别时，老师特意留下我聊了半个小时，其中有二十九分钟是用来夸主编布莱克的，大意是说："In these 16 students, Blake is the most clever and got talent. I can see it from his eyes."

Vivian：

WhatYouNeed 开始创立后不久，我就加入了他们，是几位创始人里唯一的女生。

到现在，在 WhatYouNeed 里吃吃喝喝也快两年了。两年前，老陈说："要不要一起做一个公众号，卖垫子？你也可以做你自己喜欢的活动。"我想都没想，就回答："好啊，反正也没什么事做。"当时，我们还装模作样地在股权书上签字摁手印，每人掏了 200 块。

于是，我们就开始了 WhatYouNeed。他们写文，我负责活动，一天一天，吃饭、开会、熬夜、喝酒，回头看看，这一切都发生在昨天。

印象最深刻的一件事，是"100 杯星巴克"的前一晚，可以说是我们唯一一次吵架。鉴于我们一贯的风格，晚上大脑才开始活跃，才开始讨论、准备，现场布置、流程细节要一项项确定，一晃就到了十一点。

因为宿舍十一点半就没有热水了，我又正好是生理期，很想快点确定好早点回去。最终我忍不住，摔桌子，是因为有小伙伴去确认桌子高度的时候顺便和其他团队的人开开玩笑，我觉得都已经很晚了，确认完快快回来报个数就好了，怎么还在开玩笑呢？所以，我就摔桌子摔门走了。

回去之后，我就哭了，对着舍友发牢骚，眼泪哗啦啦一直流。洗完澡冷静一下，我躺在床上的时候就跟他们道歉了，第二天两眼肿肿地就去现场了。

我想说，这里的人爱做梦。

Joker：

我大概是 WhatYouNeed 最低调的一个创始人了。

我第一次独立写推文，也是我目前唯一一篇独自完成的推文，是《从来没有想过〈速度与激情〉会带给人如此复杂的情愫》。那时平台的粉丝只有十万左右，而我的阅读量只达到了八千多，量是少的，但我的感情确是充实的。

后来，我就一直位居后台，干一些打杂的事情。不是我不喜欢写作，而是我更喜欢做一些分析和运营的工作。紧接着就是我对团队的逃离，在我看来，这是一种逃避，逃避是因为我自己并不知道我这时候应该做什么。

我写过推文，效果并不好，自己也并不热衷；我分析团队，进行决策，然后想得太多，不如走好每一步；我做好行政，好吧，也就是买点文具、记记账、搞搞卫生。这就是我所做过，或者我当时在做的。

我经历过了"荧光之夜""早起革命""100 杯星巴克""水球大战"（黑历史）"BUG""改变你的周末"和一些小活动的参与。现在他们在做什么、经历了什么，我已经不太清楚了，感觉就像一个老态龙钟的人，在看着晚辈们玩耍。

但我满足，因为他们做得非常棒，我相信他们，毕竟我相信我们的友谊。也毕竟，他们面试进来，也有我一部分的审核（笑）。

我暂时离开 WhatYouNeed 去英国念书，朋友，你慢慢地往前走，我会从后面跟上来的。

紫莱姑娘：

想想也是年轻，当初看了篇推送就冲去WYN，还压根儿不知道这伙人的底细呢。后来，我们四五个编辑每周坐在人家管院的地盘开会喂蚊子，忘记那时粉丝有没有破千，只记得很开心。

很多时候你以为偶然的事情也许早已酝酿很久，比如遇见志同道合的这群人。眼看要毕业了，以后的路会有谁一起走说不好。但是，我知道，你们一定在我未来的日子里。

谢谢，这一年。

像我这种成绩不拔尖又不倒数的人，不知道会不会很难混下去，可是放下要给WYN争光的念头，总想着以后见到大家可以吆喝一声："跟我走！吃啥随便点！"

好啦，WYN在努力往前飞了，这里的点点滴滴就作为一段相知的见证，我们新的起点见吧，各位。

丸尾同学：

我爱你们。祝好。

阿哩：

这两天的朋友圈一直被编辑们挥舞的印有WhatYouNeed标志的大彩旗刷屏，看见Ninety那句"家里红旗不倒，外面彩旗飘飘"，突然有种"青春万岁"的感觉。

想起国庆的时候和大家一起去了国际沙滩音乐节。我记得我迟到了，穿着一条黑色破洞牛仔裤，领着一个旅行包，风尘仆仆地赶过去，老远就看见Jame在向我挥荧光棒。然后我们几个人嘻嘻哈哈地往人堆里挤，挤到一半的时候就下起了倾盆大雨。

那天海风很大，所有人都在欢呼："让暴风雨来得更猛烈些吧！"然后天上

"哗"地又泼下一大瓢。

我踩着湿漉漉的运动鞋，忍受着粘在皮肤上的长牛仔裤，冲穿短裤和夹板撒丫子撒欢的 Jame 和紫菜大喊："好想脱裤子去海边吹风啊！"

这时候田心瞟了我一眼，说："你把你牛仔裤从中间那条洞撕开，就是一条短裤了。"

我哈哈大笑，觉得很开心。

那晚我们回酒店的时候，还嚷嚷着买啤酒喝，在街上大声唱歌。大概这就是青春的样子。

写下这段的时候，我仿佛看见面试时坐在我前面的布莱克一拍桌子指着我说："要的就是你这样的人。"

现在偷笑，自己幸运地撞上了这群有趣的人。

避风塘炒蟹：

就想和他们一起试试，大陆南端几个 93 年、95 年、97 年的大学生，会不会真的能记录下这个时代年轻人的生活。

Gary：

来 WYN 快一年了，至今还记得当初面试的场景。我没有拍出广为流传的照片，也没有写出什么爆款文章。

作为摄影师的我，没有出现在任何一张团队合照里，因此我可能是整个团队里曝光率最低的人。

但是这一切的一切，都无法阻挡我对这个团队的爱。他们可以高雅，可以逗比，可以冷酷，可以低俗，而且真的像介绍说的那样，这是"一群单身狗的聚集地"——哦，不，是年轻人的聚集地。

或许我们普普通通，但希望你们看我们时闪闪发光。

KC：

大家好，我是 KC。

在加入 WhatYouNeed 之前，我跟大家一样是一个读者、一个听故事的人。之所以喜欢看文字、听故事，大概是想在它们身上找到共鸣，找到相似经历。

但在听了很多人的故事后，我发现很多人会苦于自己的故事比较特殊，所以在平常生活中，我们不会听他们提起。

于是他们成了讲故事的人。他们把这些难以表达的回忆写了下来，用文字告诉我们属于他们的独特经历。而我发现我也有很多大大小小难以表达的经历，于是我也成了讲故事的人。

终于在每一次分享之后，我看到你们在分享相似的经历，在讲述你们的想法。

我庆幸终于找到了分享的途径，那些难以找到共鸣的故事，终于找到了有共鸣的人。

虽然我们是讲故事的人，但也是最忠实的听众，毕竟有些属于你们的好故事，它们值得被分享。

Ninety：

我可以说是 WhatYouNeed 的第一名编辑。面试我的时候，Tom 和 Blake 都戴了帽子，Tom 把帽檐朝后，嚼着口香糖，一副愉快而无所谓的样子。我觉得他们的帽子都很好看，因此认为这个公众号虽然很小，但还是一个不错的组织。

后来他们告诉我，他们在看到我远远走过来也戴着顶好看的帽子时就决定录我了。再后来，我们才知道原来大家戴帽子都是为了掩盖早起时乱糟糟的头发。

与其说我们都被对方的帽子所吸引，不如说我们都喜欢对方身上那种又懒散又随意却还是十分愉快的年轻劲儿。

WYN 是个相信感觉的组织，尤其相信视觉。录完第一批的几个成员时，我们在一间很小很小的活动室开会，大家挨着坐，坐得很近。和陌生人坐得近难免面面相觑，大家你看我，我看你，终于有个女生忍不住说："你们是看脸招人的吗？我都觉得不好意思再在这里待下去了。"

当时，Blake 笑而不语，后来我才发现他是真的相信感觉，不喜欢一篇文章时说："感觉不对。"喜欢一篇文章时说："感觉对了。"最常对编辑们说的一句话是："排版要舒服、舒服再舒服。插画要好看、好看再好看。"有时候还会翻个白眼补充一句，"音乐也要够好听。"

要不是我和 Blake 一样也是处女座，大概早就受不了他这种缥缈又苛刻的要求了。但大概也是因为 Blake 对每一个细节都追求完美，坚持给读者们提供舒服的版式、好听的音乐和有感觉的文章，WYN 才能被越来越多的人喜欢。

有人告诉我 WYN 是他关注的几百个公众号里唯一一个左上角没有红点的，他每天都会看。但是我知道，WYN 总会在一些人的手机里成为那个有红点的公众号，总有一些人渐渐地不点开 WYN 了。如果是这样，就让我们陪你到这里吧。

今天以后，WYN 要开启一段新的旅程了，你会成为那个陪我们继续走下去的人吗？

王子越：

"回首浮生半是卿。"回头看大学有趣的时光，竟有一半都来自于 WYN。

我仍记得，在冬日的雨夜，几位编辑在漫咖啡赶了当日推送出来，冷得瑟瑟发抖，想要打车回学校。

突发事件临时组建起线上码字小组，熬夜写推送赶在十一点五十九分发送，深夜微信群里发红包检验到底谁还在熬夜没睡。有缘相识，有缘一起做点自己喜欢的事，有缘一起度过这青春里鸡飞狗跳的张狂时光，我何其幸运。

还记得后台粉丝一万的时候我夜里对着电脑屏幕傻笑，转眼已不知过了多少天。

都是开心，都是心底里满满的温热的实在的舒服。

还有，此时此刻特别想严肃地讲，能不能让主编 Blake 好好看看贵微信平台编辑部的风水，编辑部全员单身，凄凄惨惨戚戚。

Jame：

前两天发的"倒数第四篇推送"是我写的，结果发现大家关注的点都不在文章内容，这让我非常伤心。

但是更让我伤心的是，我的阅读量只是前一天的一半。

我突然想起一年前的这个时候，我们还在暨大管院小打小闹着开选题会。Crown 跟我说："我有个朋友说只要看到 Jame 的文章就会关掉。"布莱克当时调侃说："要不你换个笔名吧。"

我想了想，说："不。"

后来我写了一篇 3000 多点击率的推送，开心了半天，虽然现在看了看觉得也的确"麻麻地"。可是呀，那时候的我们就是一群很纯粹地在做自己喜欢的事的人。

Frank：

我是 Frank。加入 WYN 刚满一个月的时候，我就连续发了四篇文章。炒蟹说，我再这样写下去，他就要下岗了。

在加入 WYN 之前，我经营着一个小小的公众号，写东西给几百个人看。大学读的是新闻，是因为觉得这个专业是比较实用而又比较靠近中文的，最重要的是，我爸说读中文以后会穷死，现在看来读新闻也好不到哪儿去。

WYN 是个适合做梦的地方，一群奇怪而又有意思的人聚在一起，像聊天一样的采编会，没有什么严格的上下级关系，当然还有一个愿意带着我们吃吃喝喝玩玩闹闹的主编Blake。

前两天我告诉Blake我想在大三之前写完自己的第一部长篇小说。如果没有加入WYN，也许我现在想的是怎么在大三前找一家好的媒体实习。

语短情长，祝好。

薏仁君：

很久之前，在东莞的"草莓音乐节"，举着WhatYouNeed大旗的我们穿梭在各个舞台间。不时会有人抬起头惊讶地说："你们就是WhatYouNeed啊！"

我看着这些惊喜雀跃的粉丝，心里觉得这不就是几个月之前的我吗。

我记得在招新的邮件里我写着"觉得WYN是一群非常会玩儿的人"。

事实证明，果真如此。时至今日，每周开会时，大家围坐在白色的办公桌边，天南地北地胡侃些大事小事，总会有各种奇怪却好玩的想法冒出来。

而我算了算，这个月的几次夜归，好像也都是因为和WhatYouNeed的大家一块儿出去玩……

认识这样一群会玩儿的人，真的是一件非常幸运的事。

桦璃：

还记得我面试的那天，面试完，临走的时候Vivian给了我一个十分温柔的微笑，印象很深。我想，这大概是一个充满温暖的组织。

一开始进来是想主要做插画画漫画的，但是公众号的主体是文字，所以我想着也能试着写写文。就是这样一个误打误撞就开始写文，第一次发文的时候心惊胆战，总怕会没人看，怕阅读量会拖后腿。看着阅读量一点点地增加，看着评论区的大家一起分享着自己的故事，是我觉得最开心的时候，发现原来不只有我一个，我还有大家。

最喜欢开例会的时候，在以前的组织里，我最讨厌的就是开会，WhatYouNeed 给了我很不一样的感觉，总是很欢乐，总是很闹腾，偶尔谁弄冷场，我们就一起去嘲讽谁。天马行空，想到好的点子就一起去努力往下延伸，主编总说"最重要的是有趣有意思，管他们喜不喜欢，我们就是要做我们喜欢的东西"。

关于换号这件事情，我们曾经想过换名字，当时主编说："WhatYouNeed 就是 WhatYouNeed，无论它变成什么样子，它永远都是 WhatYouNeed。"

不知道为什么，听到这句话，突然觉得鼻头一酸，很想哭。

西米：

记得通过 WhatYouNeed 面试那天，我又惊又恐地问炒蟹："很好奇，为什么会是我？你们招人的标准是什么？"

他答："聊得来。"

这大概就是所有巧合的答案，有相同特质的人总会相互吸引到一起，无论何时何地。

就好像我们能和来自全国各地的你们相遇在 WhatYouNeed 一样。

青橙子：

很久之前，我的朋友推荐了 WhatYouNeed 给我，那是一期"聊聊"，她说很喜欢这个公众号性冷淡的排版和有时候冷静却让人想哭的文章。

然后我们的小团体里，每个人都开始关注 WhatYouNeed，每个人都有自己喜欢的编辑，有的时候会猜他们的喜好。有一次去漫咖啡，朋友突然说，欸，那个主编是不是经常来这里。

他们又一次招新，我没戴眼镜去面试。朋友评论这里的男编辑都很帅，第一次被翻了牌，嘻嘻哈哈地讨论个不停。

不管怎样，
这就是
20岁的我们

到现在我还是觉得加入这个神奇的组织是件很神奇的事情，就像每周我们打车进城去开采编会，就像我现在在东莞某个砂锅粥店悄悄打下这段话。

就让这段奇遇一直奇妙下去吧。

高速公鹿：

不常露脸、经常聊天的我，是WhatYouNeed的常驻后台。后台的消息和故事一样多。每天晚上陪着粉丝一起等着推送、聊着当天发生的事情、互诉晚安，变成了我的日常。

有一些粉丝已经是熟面孔，无论换了什么样的头像和名字，我都能认出他们。也有一些粉丝，一句简单的回复就能让他万分惊喜。

这里是一个很温暖的地方，有着可爱的成员和可爱的你们。

Handsome：

就是有那么一些睡不着的晚上，翻了我关注的公众号，当时WhatYouNeed最新更新了，我就点进去看了。看了一篇又一篇，觉得这公众号是个有良心实在的公众号。然后有一天看到招新。

说实话，一开始完全是因为自己在"吃土"，想着能不能进去画画插画赚个外快，但真的加入了以后，怎么说，价值不止于此吧。

采编会很好玩，活动很有趣。噢，重点是绝大部分人都单身呢，找到组织了。

220：

WhatYouNeed给我平凡又简单的大学生活里增添了许多特别。

让我的眼光不再局限在小小校园里，而有机会多看看这个广阔的世界，让我能和一群各自怀揣梦想并为之努力的人相互吐槽，一起成长。

以后的事情谁也不知道会怎样呀，希望大家和 WhatYouNeed 都越来越好。

或许以后布莱克能给我们发很多稿费呢，哈哈。

Steven：

第一次邂逅，是在荧光夜跑的时候，那个时候我完全不知道这个团队是干什么的，刚好朋友找到我，觉得说挺好玩的，于是就过去拍了下照片，也开始关注他们。

在那之后，每期"聊聊"如约而至，笑看诗人 Crown 盘点暨大周边最难吃的外卖，锁定校内各种大小新鲜趣事。记得是"早起革命"的时候，校园里吹起一股早起签到的风，看着认识的小编们的朋友圈里睡眼惺忪地处理数据，那个时候开始觉得这个组织有点意思。

后来，也就自然而然地成为了其中的一份子。

记得主编说过，他喜欢把这个组织当成一个长相不错以及带有美好感情的家庭。的确，我们一起经历过各种酸甜苦辣，一起开脑洞，一起出游，一起见证着我们从一个学校的微信运营团队发展到一家文化传媒公司。

人来人往，在这个家里我们慢慢壮大，慢慢地，我也变成了一个厨师兼饲养员的角色，每当我们外出，遇上节日或者有什么可以庆祝的时候，吃的基本是我负责解决，而我也开始享受这种淡淡的幸福。

田心：

每次做完活动的那段时间，我们都会问自己："做这个活动的意义到底是什么？"

有人说："改变当下。""听到更多人的故事。"

别人也说："不就是在烧钱吗？"

后来，我听说有粉丝在后台说，她是星巴克活动的第 19 位传递者。或许这就是意义。

比金：

我已见过银河，但我只爱一颗星，我亲爱的 WhatYouNeed。从 29 人到现在的近 60 万人，每个你，都是喜你为疾，药石无医。

Pisces：

初中的某节班会课上，年轻的班主任问我们长大以后想成为怎样的人。那时还正是郭敬明刚火起来的年代，他和他的团队是当之无愧的文艺偶像。

"想成为郭敬明团队里的设计师那样的人。"

现在看来有些黑历史的想法，当时可是堂堂正正地说了出来，虽然我早就不记得他叫什么，也没再关注过他们后来的故事。

已经到了对那种文字早就无感甚至不愿意承认曾经也看过不少青春小说的年龄。唯独记忆深刻的，只有《岛》系列里面附带的个人日记，碎碎念般记载着和一群好友共同经历、工作的真实片段。

没有遇见 WhatYouNeed 的时候，曾考虑过很多关于自己未来的设想，年少时仿佛随口一说的那个愿望自然慢慢被淡忘了。直到有一次坐在工作室里发呆，想着自己正在做的事，才发现多年前的那句话竟仿佛一语成谶。

现在我们每晚在工作室里辛辛苦苦赶着推送，熬夜熬到不行，有一点小小的成就就兴高采烈地庆祝，笑着闹着说起那些宏伟的目标。

想到多年前脱口而出的愿望，哪怕不知道这道路最后能走多远，也已经足够美好了。